너무 늦기 전에 들어야 할

임종학 강의

너무 늦기 전에 들어야 할 임종학 강의

1판 1쇄 발행 2018. 5. 25.
1판 2쇄 발행 2021. 12. 26.

지은이 최준식

발행인 고세규
편집 이한경 | 디자인 정지현
발행처 김영사
등록 1979년 5월 17일(제406-2003-036호)
주소 경기도 파주시 문발로 197(문발동) 우편번호 10881
전화 마케팅부 031)955-3100, 편집부 031)955-3200 | 팩스 031)955-3111

값은 뒤표지에 있습니다.
ISBN 978-89-349-8163-3 03810

홈페이지 www.gimmyoung.com   블로그 blog.naver.com/gybook
인스타그램 instagram.com/gimmyoung   이메일 bestbook@gimmyoung.com

좋은 독자가 좋은 책을 만듭니다.
김영사는 독자 여러분의 의견에 항상 귀 기울이고 있습니다.

너무 늦기 전에 들어야 할

임종학 강의

아름다운 삶을 위한 ———————————— 최준식
죽음 공부

김영사

차례

저자의 글   8

시작하며 **왜 가이드북이 필요한가?**

한국인이 죽음을 대하는 세 가지 태도, 외면과 부정과 혐오   20

'꼴깍사'의 비밀   25

무의미한 연명의료는 이제 그만   29

"당하는 죽음에서 맞이하는 죽음으로"   31

이 책의 구성과 내용에 대해   34

1장 **말기 질환 상태에 들어가면서**

임종 준비의 첫 단계, 유언장과 사전연명의료의향서 작성   41

유언장은 왜 그리고 어떻게 쓰는 것인가?   42

유언장을 써야 하는 이유   42

유언장이 법적인 효력을 가지려면   45

유언장에 들어갈 내용에 대해   47

  임종 방식과 시신 처리 방식에 대해   47

  장례에 대해   54

  제례 문제   60

  유산 상속과 재산 기부   63

  금융 정보나 부동산, 채무 문제에 관해   65

  남기고 싶은 말   66

사전연명의료의향서는 왜 필요하고 어떻게 쓰는 것인가?   72

2장 말기 질환을 대하는 자세

말기 질환이라는 사실을 알게 되는 몇 가지 경우에 대해   83

  폐쇄형   84

  의심형과 상호기만형   86

  가장 이상적인 개방형   88

의사가 환자와 가족에게 말기 질환 사실을 알리는 방법에 대해   90

  의사는 극히 조심스럽게 궂은 소식을 전달해야   91

  의사는 환자의 육체적인 고통을 덜어주어야   95

  마지막에는 호스피스 의료를   99

가족들은 임종 간호를 어떻게 해야 할까?   102

  환자의 불안을 최소로   102

  환자에게 스트레스 주지 않기   105

  환자 주변을 깨끗이 유지하고 음악 틀어주기   106

  마지막 순간에 심폐소생술은 NO   109

존엄한 죽음을 맞이하기 위해서는 임종실이 필요하다　　111

사실 죽음은 슬퍼할 일이 아니다, 죽음은 해방과 같은 것　　114

고인을 보낼 때 울부짖지 말자　　116

소태산 박중빈 선생이 권하는 임종 태도　　120

환자 본인은 자신의 임종에 어떻게 대처해야 할까?　　125

물건과 인간관계 정리　　126

죽음은 마지막 성장의 기회　　131

3장　임종 직전에 환자에게 나타나는 현상과 대처 방법

음식 양이 줄고 잠을 많이 잔다　　143

먼저 타계한 친지들의 방문을 받을 수도 있다　　145

임종 직전에 나타나는 육체의 변화와 현상들　　150

마지막에 당사자는 어떤 마음가짐과 자세를 취해야 할까?　　156

4장　고인이 임종한 뒤 가족이 해야 할 일

고인의 육신과 함께 좀 더 머물며　　165

사망진단서와 장례 준비　　167

장례는 가능한 한 간단하게　　170

수의나 관에도 과다하게 지출하지 말아야　　173

5장 사별의 슬픔을 극복하는 문제에 대해

사별했을 때 느끼는 슬픔의 양상에 대해   182

사별 때문에 겪는 슬픔에 무심한 한국인들   186

사고나 자살로 인한 사별의 슬픔은?   188

한국에서 사별의 슬픔을 치유하려면?   193

영화 〈밀양〉에 나타난 오류, 사별 과정과 관련하여   197

사별의 단계에 대해   201

    충격과 부정: 1~3단계   203

    슬픔과 무기력 상태의 지속: 4~7단계   211

    체념과 수용, 그리고 현실로 돌아가기: 8~10단계   220

사별을 정리하며   225

책을 마치면서   229

부록_유언장 서식   234

제가 이 책을 쓰기로 마음먹은 것은 우연한 기회 때문이었습니다. 이 책을 집필하기 며칠 전, 저는 어느 단체에서 이 책의 주제로 강연을 했는데 질의응답 시간이 있었습니다. 그때 어떤 분이 자신은 바로 3개월 전에 부인과 사별을 했는데 제가 한 강의의 내용과 똑같은 것을 겪었다고 하더군요. 그러면서 자신은 워낙 좋은 의사들을 만나 제가 제시한 좋은 임종 준비를 할 수 있었지만 주위에는 그렇지 않은 분들이 더 많았다고 자신의 체험을 전했습니다. 그러니 이런 내용이 좀 더 광범위하게 국민들에게 알려져서 임종을 하는 당사자나 가족들이 의미 있는 웰다잉 혹은 웰엔딩을 할 수 있으면 좋겠다고, 자신의 의견을 피력했습니다.

사실 저는 그때까지 이 책의 내용을 가지고 강의만 했지 책으로 낼 생각은 하지 않았습니다. 이미 몇 년 전에 제가 대표로 있는 한국죽음학회에서 《한국인의 웰다잉 가이드라인》이라는 책을 출간했기 때문입니다. 당시 저와 학회 동료들은 한국인들이 죽음에 임박했을 때 참고할 만한 가이드라인이 없는 현실이 안타까워 그 책을 기획해서 출간까지 했습니다.

그때는 나름대로 꽤 노력을 기울여 책을 만들었지만, 펴내고 보니 아쉬운 점이 많았습니다. 그 책은 그야말로 가이드라인만을 제시하고 있어 별도의 설명 없이 아주 간결하게 서술되어 있습니다. 그때 우리의 생각은, 갑자기 가족의 죽음을 직면한 유족들이 경황이 없을 테니 그런 가운데서도 읽을 수 있게 최대한 간단하게 만들어보자는 것이었습니다. 실질적인 도움을 드리고 싶었던 것이지요. 그런데 책이 나오고 보니, 내용이나 형식이 너무 간결해 임종을 맞이하는 분이나 그 가족들에게 그다지 도움이 될 것 같지 않았습니다. 설명이 별로 없어 정보를 충분히 얻을 수 없었던 것이지요.

그리고 대상도 굳이 임종이 임박한 당사자나 그 가족들에게만 한정할 필요가 있겠는가, 하는 의문도 들었습니다. 그러니까 임종을 눈앞에 둔 환자나 가족들만 보는 책이 아니라 죽음에 관심 있는 사람들이 볼 수 있는 책이면 더욱 좋겠다는 생각이 든 것이지요. 그런 분들이 평소에 이 책을 보고 자신의 임종을 미리, 그리고 잘 준비할 수 있으면 일석이조의 효과가 있겠다는 짐작을 한 것입니다.

그런 생각 끝에 지금까지 제가 해온 강연 내용을 책으로 엮어서 이렇게 출간하게 되었습니다. 그러니까 방금 언급한 '가이드라인' 책을 골격으로 하되, 거기에 살을 붙여 풍부하게 만든 것이 이 책이라고 할 수 있습니다. 뿐만 아니라 독자 여러분이 쉽게 읽을 수 있도록 강연체를 그대로 살려 구어로 표현했습니다. 따라서 이 책을 읽어보면 흡사 강연을 듣는 것 같은 느낌이 들 것입니다. 그리고 될 수 있는 한 정보를 많이 전달하려고 노력했습니다.

이 책의 내용은 아주 간단합니다. 우리가 인생의 막바지에 이르렀을 때, 어떻게 하면 삶을 품위 있게 마칠 수 있는가에 관한 것입니다. 쉽게 말해서, 임종을 어떻게 준비해야 이번 생에서 유종의 미를 거둘 수 있느냐입니다. 인간이 죽는다는 것은 '죽는' 사건 하나만 지칭하는 것이 아닙니다. 인간의 죽음은 수개월 혹은 수년 동안 이어지는 대단히 긴 과정입니다. 그 과정 동안 우리는 많은 고비를 맞이합니다.

이 책은 그 고비마다 우리가 어떤 준비를 어떻게 해야 하는가에 대해 상세하게 설명하고 있습니다. 임종의 단계를 나눠, 각 단계에서 해야 할 일들에 대해 설명했습니다. 그리고 그 단계에서 환자 자신은 말할 것도 없고, 의료진이나 가족들이 어떻게 해야 하는가에 대해서도 이야기했습니다.

임종 단계는 대체로 환자가 말기 질환에 걸렸다는 것을 알게 되는 때로부터 시작됩니다. 이때부터 환자 자신과 의료진, 가족들은 각각 역할을 분담해서 자신의 일을 과오 없이 잘 처리해야 합니다. 그러다 환자는 임종을 맞이하게 되는데, 바로 이 직전 단계에서 환자와 가족들이 어떤 자세를 취해야 할 것인가에 대해서도 살펴보았습니다. 환자가 임종하게 되면, 그때부터는 유족들의 일이 많아집니다. 시신 처리와 장례식 같은 큰일들이 기다리고 있기 때문입니다.

이렇게 해서 장례식까지 끝나야 고인의 죽음과 관계된 일이 다 마무리됩니다. 사실 인간의 임종에 대해서는 여기까지만 적어도 되지만, 그다음 단계로 더 중요한 일이 남아 있습니다. 이것은 임종 준비와 직접적으로 상관이 있는 것은 아니지만, 대단히 중요한 주제라 여기에 포함시켰습니다. 바로 유족들이 겪는 사별의 고통과 그 극복입니다. 사랑하는 가족이 죽었을 때 우리는 큰 슬픔을 겪습니다. 이 슬픔을 극복하고 다시 일상생활로 돌아오는 것은 대단히 중요한 일이고 매우 큰일입니다. 이 책의 마지막 장은 바로 이 문제를 다루고 있습니다. 이 주제까지 다루어야 인간의 죽음과 관계된 일이 비로소 끝나게 됩니다.

저는 최근 5년 사이에 부모들을 다 여의었습니다. 제 부모와 처의 부모까지 네 분이 모두 타계했는데, 그 덕(?)에 현장 경험을 확실하게 할 수 있었습니다. 인간의 죽음에 관한 문제를 책으로 공부하는 것과 실제 현장에서 체험하는 것 사이에는 다른 점이 많았습니다. 그래서 이번에 이 책을 쓸 때 그 체험이 많은 도움이 되었습니다.

지금 생각해보면, 그 네 분의 임종과 장례를 치르면서 가장 힘들었던 것은 3일간 진행된 장례 절차가 아니었습니다. 언뜻 생각하면 장례 절차가 3일 동안이나 지속되니 그게 힘들 것이라고 여길 수 있습니다. 그러나 정작 힘든 것은 그게 아니었습니다. 그보다는 임종 직전, 그분들이 언제 돌아가실지 몰라 항상 노심초사하고 있다가 전화벨만 울리면 놀라서 가슴을 쓸어내렸던 게 훨씬 더 힘들었습니다.

전화가 올 때마다 혹시나 돌아가셨다는 연락이 아닐까, 하면서 마음을 졸였던 기억이 선명합니다. 살아 있던 부모들이 유명을 달리했다는 소식을 전전긍긍하면서 기다리던 시간이 가장 힘들었던 것이지요. 오히려 3일간 진행된 장례 절차는 몸은 힘들었지만 심적으로는 견딜 만했습니다. 다만 장례식을 겪어보니 그 전체 과정이 좀 더 합리적으로 이루어져야겠다는 생각이 들어, 이에 대해서도 본문에 잠깐 언급했습니다.

이제 네 분을 다 보내고 나니 외려 마음은 편안합니다. 큰 짐을 던 것 같은 느낌입니다. 우리가 사랑하는 분들과 사별하는 것이 이렇게 힘듭니다. 이런 실제의 체험이 이번 책에 반영되어 약간은 더 생생하게 전달할 수 있음을 다행으로 생각합니다.

이 책이 세상에 나온 것에 대해 가장 감사를 드릴 곳은 말할 것도 없이 김영사 출판사입니다. 요즘 같은 출판 난항 시대에 책을 출간해주니 그 고마움을 필설로 다 표현하기 어렵습니다. 그러니 부디 많은 독자와 도서관 같은 기관들이 이 책을 구매했으면 하는 바람입니다. 그리고 이 책을 쓸 수 있었던 데는 정리본을 만들어준 제자 송혜나 교수의 공이 컸습니다. 그가 제3자의 입장에서 제 이전 책의 내용을 정리해주었기 때문에, 저는 그것을 가지고 객관적인 입장에서 강연을 꾸릴 수 있었습니다. 송 교수 덕분에 이 책의 내용이 독자들에게 더 쉽게 전달될 것입니다.

저자 입장에서 그저 간절히 혹은 하릴없이 바라는 것은, 이 책이 꼭 필요한 독자들에게 전달되어 그분들이 이 책으로부터 도움을 받는 것입니다. 인간의 죽음은 엄중한 것이라 먼저 겪은 사람들의 지혜가 필요합니다. 부디 이 책이 그런 지혜를 조금이나마 전달해주었으면 하는 바람을 갖고 서문을 마칩니다. 고맙습니다.

2018년 5월, 봄 한가운데서

지은이 삼가 씀.

시작하며

왜 가이드북이 필요한가?

저는 이 강의를 할 때 항상 이 예화로 시작합니다. 수년 전에 길을 가다 동창생을 만났습니다. 고등학교를 졸업하고 처음으로 만난 것이었습니다. 반갑게 인사를 나누고 요즘 무엇을 하며 사냐고 물었더니 음반을 만들고 있다고 하더군요. 그래서 제가 "그럼 내가 너에게 돈 버는 아이템을 알려주겠다"고 했습니다. '돈 버는 아이템'이라는 말에 귀가 번쩍 뜨이는지 "그게 무엇이냐?"고 급하게 묻더군요. 저는 일단 "죽음 음반을 만들면 돈을 많이 벌 수 있다"고 답했습니다.

그러고 나서 부연 설명으로 "사람의 감각 가운데 임종

하는 마지막 순간까지 살아 있는 것은 청각이다. 또 당사자가 식물인간 상태라 해도 들을 수 있다. 그가 반응을 보이지 않으니까 아무것도 듣지 못할 거라고 생각하지만, 사실 그는 주위에서 말하는 것을 모두 듣고 있다"고 말해주었습니다. "당사자는 그런 상태에서 몹시 고독하고 우울할 텐데, 그럴 때 그에게 얼마간이라도 위안을 줄 수 있는 것은 음악뿐이다. 좋은 음악을 들으면 마음이 평안해지니 말이다. 따라서 이런 분들이 편안하게 들을 수 있는 음반을 만들어서 팔면 얼마나 잘 나가겠느냐." 이것이 제 주장의 요지였지요. 우리 인간들은 모두 죽으니 논리적으로는 모든 사람에게 이 음반이 필요하지 않겠느냐는, 다소 터무니없는 주장도 했습니다.

저는 제 친구가 이 이야기를 듣고 굉장히 좋아할 줄 알았습니다. 요즘 세상에 '돈 버는 아이템'이라는데 싫어할 사람이 누가 있겠습니까? 환장할 줄 알았지요. 그런데 그 친구의 첫 번째 반응이 제 생각과는 전혀 달랐습니다. "야! 죽는 거 이야기하지 마. 재수 없어!"라고 하지 뭡니까. 저는 너무도 뜻밖이라 처음에는 어안이 벙벙했습니다. 돈 버는 아이템을 마다하다니 말입니다. 돈이라면 사람도 죽이는 세상에, 아예 이야기도 꺼내지 말라니…….

그 친구의 핀잔을 듣고 저는 그냥 물러설 수 없어 곧 반격에 나섰습니다. "아니, 너는 안 죽냐? 다 겪는 일을 가지고 왜 재수 없다고 해?"라면서 응수했지요. 제 말을 듣고 이번에는 그 친구가 주춤하는 눈치였습니다. 제 논리에 조금 밀렸던지 "죽음에 관한 것은 죽을 때 가서 생각해도 돼"라고 답하더군요. 그런 그에게 저는 "야! 이 친구야, 그때는 너무 늦어. 죽음에 관한 것은 미리미리 준비해야지"라고만 말하고 대화를 더 이상 잇지 않았습니다. 친구를 오랜만에 만났는데, 분위기가 이상해져서 죽음에 대해 더 이상 이야기할 수 없었기 때문입니다.

한국인이 죽음을 대하는 세 가지 태도, 외면과 부정과 혐오

제 친구가 죽음을 대하는 이런 모습은 보통의 한국인들이 갖고 있는 일반적인 태도입니다. 한마디로 죽음을 '외면'하는 것이지요. 죽음에 대해 이야기하는 것을 원천적으로 차단하는 것입니다. 한국인들이 죽음에 대해 갖는 전형적인 태도로 이 외면 말고 또 두 가지가 있습니다. 바로 '부정'과 '혐오'입니다. 이 세 가지 태도는 서로 연관되어 있습니다. 한국인은 그저 죽음을 외면하는 것으로 그치지 않습니다. 죽음 자체를 부정합니다. 그러니까 "죽으면 다 끝이야. 죽은 다음에 무엇이 있어? 아무것도 없어. 살 때 열심히 살면 돼. 죽은 다음에 우리가 계속해서 남는다는 것은 모두 미신이야. 나는 그런 것에 연연하지 않아"와 같은 태도가 그것입니다.

우리 주위에는 "인간은 죽으면 다 끝이다"라고 하면서 죽음을 초탈(?)한 것처럼 행동하는 사람들이 더러 있습니다. "죽을 때까지 열심히 살다가 그때 가서 '팍' 죽으면 끝인데, 뭘 그렇게 유난을 떠는가?"라고 말하는 사람들 말입니다. 그런 이들에게 저는 조용히 이렇게 말합니다. "당신이 그런 태도를 갖는 것은 죽음을 목전에 두어본 적이 없기 때문입니다. 예컨대 당신이 의사로부터 앞으로 3개월밖에 못 살 거라는 진단을 받았다고 상상해보십시오. 과연 그때에도 그런 이야기를 할 수 있을까요?"라고 말입니다. 그런 선고를 받고도 "나는 괜찮아. 3개월만이라도 열심히 살다가 가면 돼. 인생이 뭐 별거 있어?"라고 담담하게 말할 수 있는 사람이 얼마나 될까요?

이런 경우, 우리는 대부분 저렇듯 초연한 태도를 취하

지 못합니다. 대신 어떻게 하면 생명을 더 연장할 수 있을까, 노심초사합니다. 죽는 게 두렵기 짝이 없기 때문이지요. 그제야 죽음의 공포가 몰려오는 것입니다. "술 앞에는 장사 없다"는 이야기를 들어보셨을 겁니다. "세월 앞에 장사 없다"고도 하지요. 죽음 앞에 선 인간이 바로 그렇습니다. 그 앞에서는 한없이 약해지는 것이 우리 인간입니다.

이와 관련해서 오래전에 동료에게 들은 이야기가 생각납니다. 실명을 대면 다 알 만한 어떤 작가가 글을 쓰느라 무리를 많이 했는지 50대에 그만 불치의 병에 걸렸답니다. 이 작가는 아주 유명한 대하소설을 쓴 분이라 인생을 달관한 사람처럼 보였습니다. 그런 분이 돌아가시기 며칠 전에 제 동료의 손을 잡고 "김 교수, 식모살이여도 좋으니 하루라도 더 살고 싶네요"라고 하더랍니다. 이게 바로 죽음 앞에 선 우리의 모습입니다. 죽기 싫은 우리의 인간적인 모습입니다.

죽음을 바로 앞에서 목도하면 인생의 경륜이고 뭐고 소용없습니다. 어떤 것도 우리를 죽지 않게 할 수 없습니다. 그래서 모든 것이 허무합니다. 대신 그저 조금이라도 더 살고 싶은 본능만이 작동하지요.

우리가 이런 상황에 처하게 되면 더 살 생각만 하느라 죽음을 제대로 준비하지 못합니다. 우왕좌왕하다 속절없이 이 세상을 떠나고 말지요. 그렇게 삶을 끝내면 당사자에게 큰 손실이 됩니다. 자신의 삶을 제대로 정리하지 못했기 때문입니다. 유종의 미를 거두지 못한 것이지요. 그래서 죽음은 닥쳐서 생각하면 안 된다고 하는 것입니다. 정신과 몸이 성성할 때부터 준비해야 합니다. 이 책은 그런 준비를 하려는 분들을 위해 쓴 것입니다.

죽음을 부정하는 태도는 여기서 끝나지 않습니다. 우리는 이상한 환상을 갖고 있는 듯합니다. '다른 사람은 죽어도 나는 죽지 않는다'는 환상 말입니다. 우리도 머리로는 우리가 반드시 죽는다는 것을 압니다. 그런데 이상하게도 현실에서는 '나는 죽지 않을 것이다'라고 믿습니다. 옆에서 사람이 죽어나가도 '나는 여기 여전히 살아 있어. 나는 죽지 않아'라고 생각합니다. 이것이야말로 정말 환상이지요. 우리는 분명 모두 죽습니다. 이런 현실을 냉정하게 받아들여야 합니다. 그리고 그에 따른 준비를 해야 합니다. 그러지 않으면, 끝까지 준비하지 않으면, 정말로 죽을 때 큰 낭패를 겪게 됩니다.

그다음은 죽음을 혐오하는 태도입니다. 이것은 외면과 부정을 넘어서 죽음을 금기시하고 나쁜 것이라고 여기는 태도를 말합니다. 죽음을 '삶의 적'이라고 생각하는 것이지요. 자신이 죽는다는 사실이 한스러운 것입니다. 죽음을 기꺼이 맞이하는 것이 아니라 어쩔 수 없이 끌려간다고 생각합니다. 이를테면 죽음을 자연스러운 과정으로 받아들이지 못하고, 저승사자가 와서 잡아간다고 믿는 것 같은 태도를 말합니다. 개똥밭에 굴러도 이승이 좋다는데 저승사자들이 몽둥이로 쳐가면서 나를 가기 싫은 저승으로 끌고 가니 야속하기만 합니다. 그래서 죽음이 정말로 싫습니다.

사실 한국인들이 죽음을 대하는 이 세 가지 태도는 모두 연관되어 있습니다. 죽음을 외면하다 조금 더 나아가면 부정합니다. 이 부정을 강하게 하다 보면 혐오하는 단계로 나아가게 되지요. 물론 우리 한국인들만 죽음을 이렇게 생각하는 것은 아닙니다. 다른 민족들도 비슷하지만 한국인이 조금, 아주 조금 그 정도가 심한 것 같아서 이렇게 이야기를 해보았습니다.

'꼴깍사'의 비밀

여러분 혹시 '9988234'라는 숫자를 들어보셨는지요? 흔히들 노인들의 로망이 담긴 숫자라고 하지요. 요즘 꽤 유행하는 이야기이니 대부분 들어보셨을 텐데, 그래도 처음 듣는 분들을 위해 이 숫자의 비밀을 풀어보면, '99세까지 팔팔하게 살다가 2~3일 아프고 죽는(4, 死) 것'이 제일 좋다는 뜻이랍니다. 이런 죽음을 노인들이 선호한다는 이야기지요. 끝까지 건강하게 살다가 고통은 2~3일만 겪고, 즉 아주 짧은 기간만 힘들고 죽었으면 좋겠다는 것이 이 숫자가 말하는 진실입니다.

노인들이 이런 죽음을 소망하는 것은 충분히 이해됩니다. 저 또한 이렇게 가고 싶다는 생각이 듭니다. 노인들이 이처럼 고통을 겪지 않고 죽고 싶다는 소망을 피력하는 것은 그분들이 죽음의 언저리에서 느끼는 두려움이 그만큼 크다는 이야기입니다. 그걸 피하고 싶은 것이지요.

그런데 노인들이 더 바라는 죽음이 있습니다. 바로 자다가 죽는 것입니다. 이것은 방금 이야기한 죽음과 거의 비슷한데, 자다가 타계하는 것이니 고통을 전혀 느끼지 않습니다. 그래서 좋다는 이야기지요. 노인들을 만나 이야기를 들어보면 대부분 이런 바람을 갖고 있는 것을 알 수 있습니다.

일본에 '꼴깍사寺'라는 별명으로 불리는 절이 있습니다. 별명이 좀 생경하지요? 아마도 숨이 꼴깍 넘어간다고 해서 붙은 이름 같습니다. 저는 이 절에 대해 TV 다큐멘터리로 보았는데, 이 절에는 희한한 불상이 있더군요. 영험한 능력을 지니고 있어 여기에 대고 빌면 당사자가 자다가 죽게 해준다는 겁니다. 그래서 수많은 노인이 줄을 서서 비는 모습을 보았습니다. 죽음의 공포가 얼마나 크면 그런 무정물인 불상에다 대고 빌겠습니까? 그래서 농담으로 우리나라에도 이런 절을 하나 만들면 돈을 엄청나게 벌 수 있을 거라고 얘기했던 기억이 납니다.

우리는 노인들의 이런 태도 또한 충분히 이해할 수 있습니다. 사실 이런 죽음이 본인 입장에서는 가장 바람직하지요. 죽음에 대해 어떤 두려움이나 고통도 느끼지 않고 한번에 가니 말입니다.

그런데 이런 죽음에는 심대한 문제가 있습니다. 무엇이 문제일까요? 이렇게 죽으면 본인은 물론 편하고 좋을 수 있습니다. 그러나 가족들은 어떻게 합니까? 부모님이 어제까지 살아 계시다 아침에 싸늘한 주검으로 발견된다면, 가족들이 얼마나 놀라고 상심이 크겠습니까? 아침에 문안 인사를 드리려고 방문을 열었는데 부모님이 돌아가셨다면 자식들이 얼마나 놀라고 허탈하겠느냐는 것이지요. 게다가 이런 경우는 대부분 처음 당하는 것이라 무엇을 어떻게 해야 할지 몰라 더 당황스럽지 않겠습니까.

문제는 또 있습니다. 부모님이 이렇게 돌아가시면 부모님과 제대로 된 이별을 하지 못해 안타깝기 짝이 없습니다. 부모님의 임종에 대해 마음의 준비가 전혀 되어 있지 않은 상태라, 이렇게 황망하게 떠나면 자식들은 오랫동안 힘들어할 수밖에 없습니다. 돌아가시기 전에 얼마간이라도 와병 기간이 있으면, 그 시간 동안 부모님께 잘해드리면서 편안하게 보내드리기 위해 이별 준비도 하고 또 장례 준비도 하는 등 많은 일을 할 수 있습니다.

이런 헤어짐이 안 좋은 제일 큰 이유는, 당사자와 충분히 대화를 하면서 서로의 삶을 정리할 시간을 갖지 못한다는 것입니다. 이렇게 부모님을 여의면 자식들은 허전함과 죄책감, 그리움 같은 감정 때문에 오랜 기간 슬픔에서 빠져나오지 못하는 경우가 많습니다. 그래서 일단 이런 형태의 죽음은 피하는 게 좋습니다.

그러면 어떻게 임종을 맞이하는 것이 가장 좋을까요? 일단 몇 살까지 살든 끝까지 병 없이 살다 가야 합니다. 고통이 없어야 한다는 이야기지요. 요즘은 80세 넘어 사는 것이 다반사가 되었으니, 그 정도까지 살았다고 합시다. 그러다 임종이 가까워오면 건강이 나빠집니다. 그런 상태로 2주나 한 달을 보내는 겁니다. 그러면 그사이에 자식들은 부모님의 임종 준비를 합니다. 가장 중요한 게 마음의 준비겠지요. 부모님이 타계하는 것을 받아들일 준비를 하는 것입니다. 그리고 그동안 부모님과 이야기를 충분히 나눕니다. 부모님이 생을 잘 정리할 수 있게 옆에서 마음을 다해 돕습니다. 그렇게 2~3주 지내면 부모님은 편안하게 임종을 맞이할 수 있고, 자식들 역시 당황하지 않고 부모님과의 사별을 받아들일 수 있을 것입니다.

바로 이런 죽음이 이상적인 죽음 가운데 하나라고 할 수 있는데, 우리 주위에서는 이런 죽음을 발견하기가 쉽지 않아 안타깝습니다. 여러분은 이것을 유념하셔서 앞으로의 이야기에 귀를 기울여주시기 바랍니다.

무의미한 연명의료는 이제 그만

앞에서 한국인들이 유독 죽음에 대해서 부정적인 태도를 갖고 있다고 이야기했는데, 사실 죽음을 부정적으로 생각하든 아니든 평소에는 그다지 문제 될 것이 없습니다. 이런 태도가 문제가 되는 것은 말기 질환 상태에 들어갔을 때입니다. 말기 질환이란 다시는 건강을 되찾을 수 없는 상태, 그러니까 당사자가 죽음 쪽으로만 향해 있는 상태를 말합니다. 의사의 진단이 옳다면 이런 상태에 들어간 사람은 얼마 후에 반드시 죽습니다. 돌이킬 수 없다고 해서 '비가역적非可逆的'인 상태라고도 합니다. 암으로 따지면 말기 암 상태지요.

이때에는 어떤 치료도 의미가 없습니다. 병을 고칠 수 없기 때문입니다. 상황이 이런데도 계속 치료를 한다면 환자는 두 가지 면에서 큰 낭패를 봅니다. 가장 나쁜 것은 환자 자신이 너무도 힘들다는 것입니다. 강한 항암제의 투여나 필요 없는 여러 검사로 인해 환자는 큰 고통을 겪습니다. 그때의 고통은 당해보지 않은 사람은 모른다고 하지요. 저 또한 그 고통을 겪어보지 않아 확실히 알 수는 없지만, 상상을 초월한다고 하더군요. 두 번째 문제는 비용입니다. 이런 치료나 검사에는 당연히 엄청난 비용이 들어갑니다. 그래서 부모님에게 이렇듯 의미 없는 연명의료를 한동안 해드리고 나면, 가계 사정이 별로 좋지 못한 자식들은 파산 상태가 됩니다.

합리적으로 생각한다면, 이런 상태가 됐을 때 모든 치료를 중단하고 존엄하게 생을 마감할 준비를 해야 합니다. 그런데 앞에서 본 것처럼 우리 한국인들은 죽음을 외면하고 부정하며 혐오하기 때문에, 많은 경우 무작정 연명의료에 돌입합니다. 삶을 조금이라도 연장시켜보겠다는 것이지요. '죽음'에 대한 올바른 철학이 부족하기 때문에 무조건 '삶'을 택하는 것입니다. 죽음을 철저하게 '보이콧'하는 것이지요. 그렇게 병마와 싸우다 당사자는 결국 약에 지치고, 약의 독성 때문에 기력이 지극히 쇠약해져 쓸쓸히 죽음을 맞이하게 됩니다. 임종을 제대로 준비하지 못한 채 속절없이 떠나는 것입니다.

이것은 당사자에게 엄청난 손실입니다. 한평생 그렇게 열심히 살아왔는데 이렇듯 속절없는 임종을 맞으면 얼마나 억울하겠습니까? 삶의 마무리를 제대로 하지 못하고 떠나니 말입니다.

우리 삶을 학교 다니는 것에 비유해봅시다. 학교를 마칠 때는 졸업식도 하고 모든 과정을 말끔하게 정리해 그다음 상급 과정으로 가는 것이 가장 이상적이지 않겠습니까? 우리의 임종도 마찬가지입니다. 유종의 미를 거둬야 합니다. 또 끝이 좋아야 삶의 과정 전체가 좋아지고, 그다음 단계도 잘 시작할 수 있습니다(사후세계가 있다면 말이지요). 한국인들이 이렇게 하지 못하는 것은, 앞에서 본 것처럼 죽음에 대한 태도가 매우 부정적이기 때문입니다. 이 문제에 대해서는 뒤에 '사전연명의료의향서'에 관해 이야기할 때 다시 한 번 진지하게 생각해보기로 하지요.

"당하는 죽음에서 맞이하는 죽음으로"

이 표어는 제가 동료들과 같이 만든 한국죽음학회에서 슬로건으로 내세운 것입니다. 우리나라 사람들 대부분이 죽음을 대면하지 못하고 어쩔 수 없이 끌려가다 죽음을 당한다고 생각하기 때문에 이렇게 표현하였습니다. 그러지 말고 당당하게 그리고 긍정적으로 죽음을 맞이하자는 뜻이지요. 우리는 어차피 한 번은 분명히 죽으니 피하지 말고 '쿨'하게 대면하자는 것입니다. 이 책은 바로 그런 태도를 갖기 위해서 우리가 어떻게 하면 좋을지에 대해 설명하고 있습니다. 책을 읽는 동안 이 표어를 잊지 말아주시기 바랍니다. 이 책의 내용은 모두 이 표어의 취지에 맞게 구성되어 있으니까요.

말씀 나온 김에 제가 한국죽음학회를 처음 만들었을 때 겪은 체험을 잠깐 이야기해보고 싶습니다. 약 10년 전이었는데, 그때 저는 태어나서 가장 많은 언론의 주목을 받았습니다. 신문은 말할 것도 없고 TV 뉴스팀까지 왔으니 말입니다. 인터뷰도 많이 했지요. 그리고 사람들도 엄청난 관심을 보여주었습니다. 학술대회를 하면 그 큰 강의실에 자리가 모자랄 지경이었습니다. 죽음이라는, 사람들이 다 기피하는 주제를 가지고 학회를 만든 게 적이 신기해 보였던 모양입니다. 그즈음에 만난 사람들도 그랬습니다. 제가 "죽음학회 회장"이라고 소개하면, 사람들은 우선 '허' 외마디 소리를 뱉으면서 어이없다는 반응을 보였습니다. 연구를 하다하다 이젠 죽음까지 연구하느냐는 듯한 표정으로 말이지요. 죽음은 어떻게든 피하고 싶은 주제인데, 그걸 연구까지 한다고 하니 할 말을 잃고 그저 '허' 하는 탄식만 뱉어낸 것입니다.

또 웃지 못할 일도 있었습니다. 어떤 사람을 처음 만나 겪은 일인데, 그분에게 제가 죽음학회 회장이라고 하니, 정색을 하고 "아, 대나무 소리를 연구하시는군요?"라고 하지 뭡니까. 그 이야기를 듣고 처음에는 '엥? 이게 무슨 소리야. 웬 대나무 소리?'라고 의아해했습니다. 그러다 가만히 생각해보니, 그분은 '죽음'을 한자로 '竹音', 즉 '대나무 소리'라고 생각한 것 같더군요. '대나무 소리'라면 대금 같은 악기 소리 등이 포함될 수 있으니, 능히 그런 소리를 연구하는 학회라고 생각할 수도 있겠다 싶었습니다. 그러고 보니 그분의 반응도 이해가 되었습니다. 그분은 저희 학회가 설마 인간의 죽음을 연구할 것이라고는 상상도 하지 못한 것입니다.

이런 반응들을 통해 저는 한국인의 뇌리에는 이 '죽음'이라는 단어가 아직 제대로 자리를 잡지 못했음을 알 수 있었습니다. 지금은 물론 상황이 훨씬 나아졌습니다. 제가 이런 일을 겪은 것이 10여 년 전인데, 그때와 비교하면 많이 달라진 것을 체감할 수 있습니다. '죽음'이나 '웰다잉well-dying'을 다룬 책들도 많이 나왔고, 이 주제에 대해 교육하는 기관도 생겼습니다. 심지어는 웰다잉을 가르치는 강사들을 교육하는 단체까지 활동하고 있습니다.

이렇게 상황이 많이 좋아졌다고는 하지만, 여전히 한국인들의 죽음에 대한 이해는 일천합니다. 그래서 여러 가지 형태로 역기능이 나타나고 있습니다. 무의미한 연명의료 강행, 혹은 과도한 의료비 지출 등이 그것입니다. 이 책은 이런 역기능을 어떻게 하면 줄일 수 있을까에 대해서 주로 이야기하고 있습니다.

이 책의 구성과 내용에 대해

이 책에서는 우리가 임종을 잘 준비하기 위해서 할 수 있는 일들을 단계별, 그리고 구성원별로 나누어서 살펴보려고 합니다. 단계별로 본다는 것은, 죽음이 진행되는 동안 각 단계마다 어떻게 하면 좋을지에 대해 검토한다는 뜻입니다. 인간의 죽음은 대체로 당사자가 말기 질환을 선고받았을 때 시작됩니다. 그때부터 우리는 임종을 적극적으로 준비해야 합니다. 이때 우선 어떤 준비가 가장 시급한지, 그리고 그다음 단계로 임종이 임박했을 때 어떤 현상이 일어나고, 무슨 일을 어떻게 해야 하는지에 대해 하나하나 다뤄보고자 합니다. 마지막 단계로 몸을 떠나려

할 때 당사자가 무엇을 어떻게 해야 할지에 대해서도 상세하게 살펴볼 것입니다.

그다음은 구성원별 준비에 대해 알아보겠습니다. 인간의 죽음은 당사자 혼자 맞는 것이 아닙니다. 인간의 죽음에는 많은 사람이 관계되지요. 당사자를 제외하고 가장 중요한 사람들은 의료진과 가족입니다. 현대인들은 대부분 인생의 마지막을 병원에서 보내다 임종을 맞이하기 때문에 의료진의 중요성은 아무리 강조해도 지나치지 않습니다. 따라서 우리는 의료진이 해야 할 일에 대해서도 잘 알고 있어야 합니다. 그래야 의료진과 좋은 관계 속에서 당사자가 편안한 죽음을 맞이할 수 있게 도울 수 있습니다. 특히 의료진은 환자가 고통 없이 갈 수 있게 최선을 다해야 하는데, 이 점 역시 자세하게 다루겠습니다. 그다음은 가족입니다. 당사자가 심리적인 안정감을 유지하면서 편안하게 임종하려면 가족들의 도움이 절대적입니다. 따라서 우리는 가족들이 해야 할 일을 확실하게 알고 올바로 대처해야 합니다.

그리고 이제 가장 중요한 사람이 남습니다. 바로 당사자입니다. 당사자는 자신의 임종을 존엄할 뿐만 아니라 고통 없이 맞이하기 위해 해야 할 일이 많습니다. 자신이 죽는 것이므로 이 점은 아주 중요합니다. 그럼에도 불구하고 우리 사회는 이 부분에 대해 별다른 가이드라인을 제시하지 못하고 있습니다. 그저 사전연명의료의향서나 사전장례의향서 정도만 쓰라고 권합니다. 인간의 죽음은 대단히 중요한 사건입니다. 그런 서류 몇 장 가지고 끝낼 일이 아니지요. 자신의 인생을 어떻게 하면 잘 정리할 수 있는가에 대해 주도면밀하게 준비해야 합니다.

이 책의 마지막은 장례와 사별에 대해 다루고 있습니다. 엄격하게 말하면, 장례와 사별 문제는 임종 준비에 포함되지 않습니다. 당사자가 임종한 뒤에 벌어지는 일이니까요. 그러나 인간의 죽음이라는 기나긴 과정은 이 두 가지 단계까지 마쳐야 비로소 끝나는 것이기 때문에 여기에 포함시켰습니다. 특히 사별 문제는 대단히 중요한 주제입니다. 유족들이 사별의 슬픔을 제대로 극복하지 못하면 큰 고통 속에서 헤어나오지 못할 수 있기 때문에, 이 주제는 죽음학에서 매우 비중 있게 다루어집니다.

1장   말기
　　　　　질환 상태에
　　　　　들어가면서

이제 당신은 말기 질환 상태에 들어왔습니다. 말기 질환 상태란 앞에서 언급한 대로 다시는 건강을 되찾을 수 없는 상태를 말합니다. 암 같은 병에 걸려서 그렇게 될 수도 있고 예기치 못한 사고로 그런 상태에 처할 수도 있습니다. 말기 질환을 선고받으면 대체로 남은 수명이 6개월 정도라고 합니다. 그러나 그것은 평균적인 수치일 뿐, 사람에 따라 얼마든지 달라질 수 있습니다. 어떤 사람은 그보다 짧아서 3개월이 될 수도 있고, 또 어떤 경우에는 그보다 훨씬 길어서 1년이 될 수도 있습니다. 하지만 그 남은 기간이 얼마가 되든, 다시 건강한 상태로 돌아가지 못하는 것은 같습니다.

이때가 되면 전적으로 임종 준비에 들어가야 합니다. 자신이 건강을 되찾지 못한다는 사실을 직시하고 '죽을' 준비를 해야 한다는 것입니다. 힘들게 살아온 인생을 잘 마무리해서 유종의 미를 거두자는 이야기지요. 이 상태에서는 자신의 숙명을 받아들이고, 더 살겠다는 무모한 희망을 갖지 말아야 합니다. 그런데 한국인들은 이런 상태에서도 무의미한 연명의료에 들어가는 경우가 많습니다.

한국인들이 말기 질환 상태에서도 '죽을' 준비를 하지 않고 더 사는 것에 연연하는 데에는 몇 가지 이유가 있습니다. 첫째, 한국인들은 대부분 내세관이 매우 빈약합니다. 많은 사람들이 세상에 존재하는 것은 이생뿐이라고 생각합니다. 대단히 '현세지향적'이지요. 죽음 뒤에는 아무것도 남지 않기 때문에 지금 이 세상에서 사는 시간을 최대한으로 늘려야 한다고 생각하는 겁니다. 그래서 혹시나 하는 심정으로 그 힘든 연명의료를 시작하는 것이지요.

두 번째 이유로는 잘못된 효 개념을 들 수 있습니다. 부모님 마지막 가시는 길에 자식으로서 효를 다해야 한다는 생각으로 연명의료를 강행하는 일이 종종 있습니다. 자신들도 부모님의 죽음을 더 이상 막지 못할 것을 알지만, 그래도 계속 치료를 하는 것이 자식 된 도리 아니겠느냐는 것이지요. 죽음을 앞둔 상황에서 치료를 그만 받으시라고 하면 너무 매정한 것 아니냐고 생각하는 것입니다. 또 연명의료를 중단하면 주위에서 불효한다고 손가락질할 것 같은 생각에 무모한 치료를 계속하는 경우도 있습니다. 어떻게 부모님 가시는 길에 치료 한번 제대로 안 하고 보내드리느냐고 비난할지도 모른다는 걱정에 남의 눈치 봐가면서 치료를 결정하기도 합니다.

그러나 이것은 효를 잘못 해석한 것입니다. 이럴 때 진정한 효도는 무의미한 연명의료를 하지 않는 것입니다. 이것은 매정한 게 아니라 현명한 것입니다. 특히 부모님(혹은 배우자)이 겪을 고통을 생각하면 반드시 이렇게 해야 합니다. 이때 가장 중요한 것은 치료가 아니라 당사자가 겪는 고통을 줄여서 생을 편안하게 정리하고 마감할 수 있도록 도와드리는 것입니다. 다시 한 번 강조하지만, 이때에는 독한 항암제나 항암요법 같은 것을 쓰지 말아야 합니다. 이런 치료는 당사자에게 무의미한 고통만 안겨줍니다.

자, 말기 질환 상태에 들어가면 반드시 해야 할 일이 두 가지 있습니다. '유언장'과 '사전연명의료의향서(이하 의향서)'를 작성하는 일입니다. 유언장에 대해서는 설명이 필요 없겠지요. 그 자세한 내용은 곧 보게 될 것입니다. 하지만 의향서는 아직도 그 이름조차 낯선 분이 있을 수 있습니다. 이 의향서는 자신이 질환이나 사고로 의식불명 상태가 되었을 때 받고 싶은 치료와 받고 싶지 않은 치료를 명시해놓는 문서입니다. 사전의료의향서라고도 합니다.

이와 함께 '사전장례의향서'도 같이 작성할 수 있습니다. 이것은 자신이 죽은 다음에 장례를 어떻게 해주었으면 좋을지를 밝히는 것입니다. 이 장례의향서는 따로 쓰지 않고 유언장 안에 밝혀놓아도 상관없습니다. 일반적인 유언장의 양식은 이 책의 맨 뒤에 부록으로 넣어두었으니 활용하시기 바랍니다.

그런데 이 문서들 가운데 의향서는 말기 질환 상태가 되면 바로 작성해야 합니다. 물론 그 전에 만들어두어도 무방합니다. 그러나 말기 질환 단계에 들어서면 반드시 작성하시기 바랍니다. 의식불명 상태가 그렇게 느닷없이 닥치지는 않겠지만, 정신이 성성할 때 미리 만들어놓는 것이 더 좋으니, 아직 안 쓴 분들이 있다면 아무리 늦어도 이때에는 작성해두라는 것입니다.

반면에 유언장은 미리 쓰는 게 좋습니다. 유언장의 내용은 상황에 따라 바뀔 수 있기 때문입니다. 또 첨가하고 싶은 내용이 생길 수도 있습니다. 따라서 유언장은 미리 써놓고 매년 개정하는 것도 좋은 방법입니다.

유언장은 왜 그리고 어떻게 쓰는 것인가?

유언장을 써야 하는 이유

흔히들 통장은 가족에게 물질을 남기지만 유언장은 마음을 남긴다고 합니다. 그렇습니다. 유언장은 본인의 죽음 이후 남겨질 가족을 위해 쓰는 것입니다. 본인이 세상을 떠난 다음 가족들 사이에서 발생할지도 모르는 혼란을 미연에 방지하기 위해 유언장을 쓰는 것이지요. 그 혼란에는 몇 가지가 포함됩니다. 예를 들어 장례 방식 같은 것을 가지고 가족들의 의견이 갈릴 수 있습니다. 가령 불교도 인 자식은 화장을 원하는데 기독교도인 다른 자식은 매장 을 원할 수 있겠지요. 이런 혼란을 막으려면 본인이 유언 장에 받고 싶은 장례 방식을 미리 밝혀두면 됩니다.

사실 부모의 임종을 전후로 생길 수 있는 가장 큰 혼란 은 자식들 간의 유산 상속 분쟁일 겁니다. 유산 분배 문제 는 당사자가 생존해 있을 때 확실히 하지 않으면 작고한 다음 자손들 사이에 큰 분란이 일어날 수 있습니다. 물론 가장 좋은 것은 상속 문제를 유언장에 쓸 필요도 없게끔 미리 매듭지어놓는 것입니다. 그러니까 본인이 60~70세 정도 되었을 때, 즉 정신이 성성할 때 미리 상속을 다 마 치면 전혀 문제 될 게 없겠지요.

사실 유산 상속 문제는 깊이 생각해야 합니다. 돈 앞에 서는 동기간이나 부부간 등 아주 친밀한 가족관계도 의미 가 없을 수 있기 때문입니다. 자식들은 부모가 죽자마자 바로 그 임종 침상 앞에서 유산 문제를 가지고 싸우기도 합니다. 돈 앞에서는 부모의 죽음도 그다지 중요한 문제 가 아닐 수 있는 것이지요.

제가 실제로 들은 이야기인데, 유산 상속 문제가 해결되지 않아 같은 집의 문상을 두 군데서 받은 경우가 있었습니다. 아들 둘이 유산 문제를 놓고 첨예하게 대립해 아버지 빈소를 각자 차린 것이지요. 이것은 물론 돈 많은 집안의 경우였지만, 비단 부잣집에서만 이런 일이 생기는 것 같지는 않더군요. 돈이 별로 없는 집안에서도 얼마든지 이런 분쟁이 있을 수 있습니다. 없으면 없는 대로, 있으면 있는 대로 싸우는 게 인간입니다. 이 상속에 대한 문제는 뒤에서 다시 한 번 살펴보겠습니다.

그리고 유언장의 소재는 꼭 밝혀놓아야 합니다. 유언장을 사전에 작성해두었다 하더라도 그 소재를 모르면 무용지물이 되기 때문입니다. 그러나 동시에 주의해야 할 것은, 그렇게 소재를 밝혀놓더라도 자식들이 유언장을 볼 수 있게 해서는 안 된다는 겁니다. 물론 그 내용에 대해서는 구두로 자식들에게 알려놓을 수 있겠지만, 그들이 유언장 자체를 미리 보는 것은 바람직하지 않습니다. 유언장을 어디에 어떻게 둘지는 사람과 환경에 따라 다르겠지만, 지정해놓은 변호사에게 맡기는 것이 가장 좋습니다. 다만 이 경우에는 비용이 발생하겠지요.

유언장이 법적인 효력을 가지려면

유언장이 공적인 것이 되려면 반드시 법적인 효력을 갖게 해야 합니다. 유언장이 법적인 효력을 가지려면 몇 가지 조건이 있습니다. 우선 반드시 자필로 써야 합니다. 이것이 제일 중요합니다. 물론 서식은 인쇄된 것을 쓸 수 있지만, 그 내용 전체는 반드시 자기 손으로 써야 합니다. 만일 컴퓨터로 쳐서 출력한 것이라면, 반드시 법적인 공증을 받아야 합니다.

그다음에 민법 제1066조에 따라 다음의 다섯 가지 사항이 정확하게 들어가야 합니다. 이름, 주소, 날짜, 내용(전문), 날인. 이때 날인은 어떤 도장도 상관없습니다. 도장 말고 자신의 엄지손가락으로 지장을 찍어도 문제없습니다. 그런데 여기서도 주의해야 할 것이 있습니다. 모든 사항을 정확하게 적어야 한다는 것입니다. 주소를 다 적지 않았다거나 날짜가 잘못되어 있으면 효력이 발생하지 않을 수 있습니다. 또 도장을 안 찍는 것도 유언장을 무효로 만들 수 있으니 주의해야 합니다.

위의 사항을 준수하지 않아 낭패를 본 경우가 있습니다. 100억 원 이상의 재산을 가진 어떤 분이 작고하기 전에 유언장을 썼는데, 그 안에는 자신의 재산을 전부 어떤 대학에 기부한다는 내용이 들어 있었다고 합니다. 그런데 이 사실을 자식들에게는 알리지 않고 혼자 결정했던 모양입니다. 아마 자식들에게 그 많은 재산을 물려주는 것이 못마땅했겠지요.

뒤늦게 유언장의 내용을 안 자식들은 망연자실했습니다. 적어도 자신들에게 수십억 원은 떨어질 것이라고 생각했는데 한 푼도 받지 못하게 되었으니 말입니다. 그래도 밑져야 본전이라고 생각한 그들은 유언장을 자세하게 살펴보았습니다. 그랬더니 그들의 입장에서는 다행스럽게도, 유언장에 아버지 도장이 찍히지 않은 것을 발견할 수 있었습니다. 쾌재를 부른 그들은 이것을 가지고 유언장 집행 취소를 위한 재판을 걸었습니다.

결과는 어떻게 되었을까요? 그 아버지의 입장에서는 안타깝지만, 자식들이 승소했습니다. 재판부는 이 유언장에 도장이 찍혀 있지 않아 그 내용이 본인의 의사인지 아닌지 확실하지 않다고 판단했던 모양입니다. 이런 사례를 통해 우리는 유언장에 민법이 정한 이 다섯 가지 조건을 정확하게 갖추는 것이 얼마나 중요한지 알 수 있습니다.

이제 유언장에 어떤 내용을 담을지에 대해 살펴볼까요. 사실 유언장의 내용과 관련해서는 딱히 정해진 것이 없습니다. 유언장에 쓰고 싶은 내용은 사람마다 다 다를 테니까요. 따라서 여기서는 가장 기본적인 내용만 제시하겠습니다. 이것을 기초로 여러분의 사정에 맞게 얼마든지 첨가 내지는 생략할 수 있습니다.

임종 방식과 시신 처리 방식에 대해

먼저 자신이 어떤 방식으로 임종하기를 원하는지에 대해 적습니다. 요즘은 대부분의 사람들이 병원에서 임종을 맞지만, '나는 병원이 싫으니 내 집에서 임종을 맞이하고 싶다'고 밝힐 수 있습니다. 또는 임종 장소로 집 말고 다른 곳을 선호할 수도 있겠지요. 그것을 명확하게 밝히는 것입니다.

그다음은 장지에 대한 것입니다. 어디에 묻히고 싶은가를 밝히는 것이지요. '나는 고향 선산에 묻히겠다'라든가 '나는 시립 혹은 군립의 공동묘지 혹은 봉안당으로 가겠다', 또는 '나를 내가 다니는 교회의 공동묘지에 묻어달라'거나 '나를 절의 봉안당으로 보내달라' 등 여러 가지 경우가 있을 수 있습니다. 그런데 이것은 시신을 어떻게 처리하는가와 밀접하게 관계되어 있습니다.

시신은 묻거나 화장할 수 있는데, 그 전에 좀 더 명확하게 밝혀야 할 부분이 있습니다. 즉, 장기 기증이나 시신 기증 여부 문제입니다. 자신의 몸이 다른 사람들을 위해 활용되기를 바라는 분들은 유언장에 이에 대해서도 정확히 밝히는 것이 좋습니다. 그런데 유언장이 아니라도 생전에 이미 이 문제에 대해 자기 의견을 피력한 분들이 있습니다. 이분들은 그 증서를 갖고 있기 때문에, 그것을 확인하고 거기에 적힌 대로 따르면 됩니다. 하지만 만일 고인이 이 문제에 대해 아무 언급도 하지 않았다면, 그때는 장기 기증이나 시신 기증을 하지 않는 쪽으로 결정해야 할 것입니다.

그다음 시신 처리 문제는 방금 본 것처럼 장지 문제와 연결됩니다. 이 문제와 관련해서 가장 흔한 방법은 매장, 화장, 수목장입니다. 이 가운데서 특히 매장과 화장이 일반적인 방법이겠지요. 이전에는 국민 대다수가 매장을 했습니다만 지금은 80퍼센트 이상이 화장을 하고 있습니다. 이는 급격한 변화입니다. 1990년대 초에는 20퍼센트도 화장을 하지 않았으니, 네 배 이상으로 늘어난 셈이지요. 이것은 어쩔 수 없는 일일 겁니다. 요즘은 사람들이 자식을 아예 낳지 않거나 낳아도 한둘밖에 없으니 앞으로 누가 묘지를 관리해주겠습니까?

화장 이야기가 나온 김에 제가 겪은 이야기를 하나 해드리겠습니다. 2000년 직전이었던 것 같은데, 고건 당시 서울시장이 화장장을 서울에 짓는 일을 주도했습니다. 이것은 매우 적합한 일이고 꼭 필요한 일이었습니다. 저는 마침 어쩌다 그 부지를 선정하는 위원이 되어 다른 여러 위원과 함께 전체 과정을 지켜볼 수 있었습니다. 지금 서초구 원지동에 있는 화장장의 건설은 그 위원회에서 결정한 사안이었습니다(물론 서울시청 직원들이 사전에 조사한 것을 바탕으로 결정한 것입니다만).

고건 시장이 이 계획을 밀어붙인 데에는 나름의 사정이 있었습니다. 인구가 천만 명이나 되는 서울시에 화장장이 하나도 없었기 때문입니다. 60세 이상 되는 분들은 아마

아실 겁니다. 원래 서울 홍제동에 화장장이 있었다는 사실을 말입니다. 그때는 화장장이 아니라 '화장터'라고 했는데, '홍제동 화장터'라고 하면 가장 괴기스럽고 음습한 단어 중의 하나로 받아들여지곤 했지요. 그래서 집에 전화가 잘못 걸려오면 "여기 홍제동 화장터요"라고 퉁명스럽게 말하면서 끊기도 했습니다.

홍제동은 당시로서는 서울의 외곽 지역이었기 때문에 화장장을 그곳에 두었을 겁니다. 그런데 서울이 계속 확장되어 홍제동은 더 이상 외곽 지역이 아니게 되었습니다. 지금 홍제동을 가보십시오. 누가 그곳을 변두리로 생각하겠습니까? 지금은 아주 화려한 번화가로 변하지 않았습니까?

그 주변이 도심화되자 당국은 이 화장장을 옮기기로 결정합니다. 이유는 간단합니다. 화장장은 혐오시설이라 시내에 둘 수 없다는 것이었지요. 그래서 1970년에 경기도 벽제로 화장장을 이전했습니다(이곳의 정식 이름은 '서울시립승화원'입니다). 이때부터 서울 시민들은 화장을 하려면 경기도로 가야 했습니다. 그런데 이것은 좀 얌체 같은 짓 아닌가요? 자신들이 혐오시설로 생각하는 것을 자신들의 자치 지역에 두지 않고 다른 지역으로 옮겼으니 말입니다.

어쨌든 서울의 인구가 계속 늘어나고 화장에 대한 인식도 바뀌면서 화장을 원하는 시민들은 더욱더 늘어났습니다. 벽제에 있는 화장장만으로는 그 수요를 감당할 수 없었습니다. 그래서 서울시 안에 화장장을 건설하는 일이 아주 화급한 과제로 떠올랐고, 고건 당시 시장이 이 일을 밀어붙인 것입니다.

그렇다고 서울시 안에 화장장을 만드는 일이 순조롭게 진행된 것은 아닙니다. 2001년 부지 선정은 진즉에 끝났습니다만, 착공은 2009년에 가서야 할 수 있었으니 말입니다. 화장장 부지로 결정된 서초구 원지동에 사는 주민들의 극심한 반발과 법정소송 때문에 이렇게 지연된 것입니다. 화장장을 혐오시설로 여긴 주민들이 반발한 것이지요. 그래서 원래 설계는 20개의 화장로燼를 설치하는 것이었는데 11개로 줄어들었습니다. 주민들을 무마하기 위해 반 가까이 줄인 것이지요. 그리고 국립의료원을 이전하고 주민들에게 일정한 혜택을 주기로 약속하는 등 여러 우여곡절 끝에 가까스로 2009년에 착공하게 된 겁니다.

이 일과 관련해서 아직도 생각나는 장면이 있습니다.

당시 회의에 나온 고건 시장이 이 사업의 중요성을 역설하면서, 이 일을 관철시키기 위해 자신은 시장 관사를 이곳으로 옮길 생각까지 있다고 말했습니다. 아주 소신 있는 분이었지요.

어쨌든 이 화장장은 2011년에 완공이 되었고, 지금은 '서울추모공원'이라는 정식 이름으로 많은 시민의 마지막 길을 함께하고 있습니다. 당시 고건 시장이 이 사업을 그렇게 밀어붙이지 않았으면 어떻게 됐을까요? 생각하기도 싫을 만큼 앞이 캄캄해지는 느낌입니다. 이 일이 성사되지 않았으면, 서울시민들은 고인을 화장하기 위해 지금도 벽제나 성남, 더 멀리는 원주나 춘천에 있는 화장장까지 가야 했을 것입니다.

2020년 이후에는 화장 비율이 더 높아져 90퍼센트 이상이 된다고 하니, 원지동에 화장장을 만들어놓은 게 얼마나 안심이 되는지 모릅니다. 하지만 사실 이렇게 되면 이 화장장 가지고도 부족할 겁니다. 그래서 애초에 20로를 설치하려고 했던 것인데, 아쉽기 짝이 없는 일입니다.

곁가지 이야기가 좀 길었습니다. 다시 본론으로 돌아와

서, 수목장은 잘 알려진 것처럼 대표적인 자연장입니다. 화장한 유골을 나무뿌리 주위에 묻어 그 나무와 함께 자연으로 돌아가게 하는, 매우 친자연적인 장법葬法이지요. 우리나라에서는 2008년에 합법화되어, 고인의 유골을 나무뿐만 아니라 꽃밭(화초장)이나 잔디(잔디장)의 밑, 혹은 그 주위에 묻을 수 있게 되었습니다. 그리고 이듬해에 국립수목장림이 생겼고, 그에 따라 많은 지방자치단체에서도 수목장림을 만들어놓았습니다. 또 개인회사에서 만든 사설 수목장림도 있습니다. 이런 장제에 관심 있는 분들은 이 시설들을 잘 살펴보고, 이 가운데 하나를 골라 수목장을 하도록 유언장에 밝혀두면 됩니다.

요즈음 조금씩 행하기 시작한 장법으로 해양장이 있습니다. 고인의 시신을 화장한 뒤 바다에 뿌리는 것입니다. 현재는 배를 타고 인천 앞바다에 있는 특정한 장소로 가서 유골을 뿌립니다. 꼭 이곳에만 뿌려야지 다른 곳에는 뿌릴 수 없다고 하더군요. 인터넷을 찾아보면 이 해양장을 관장하는 회사가 적지 않습니다. 궁금한 분들은 이런 회사들의 홈페이지에 가서 확인해보시기 바랍니다. 배 안에서 제사도 지낼 수 있는 등 준비가 잘 되어 있더군요.

장례에 대해

임종 방식과 시신 처리 방식 다음으로 유언장에 밝혀두
어야 하는 것은 자신의 장례식에 대한 내용입니다. 장례
문화와 관련해서 우리나라에는 한 가지 이상한 점이 있습
니다. 문상 절차는 있지만 정작 장례식은 없다는 것이지
요. 2박 3일 동안 그저 문상만 할 뿐 장례식 자체는 없습니
다. 결혼식처럼 사람들이 특정한 시간을 할애해서 특정한
장소에 모여 같이 행하는 의례가 없다는 이야기입니다.
우리는 이 상황을 잘 인지하지 못하는데, 일본이나 미국
등 다른 나라와 비교해보면 곧 알 수 있습니다. 이들 나라
에서는 장례식도 결혼식처럼 치릅니다. 그러니까 특정한
날짜를 잡아 정식으로 사람들을 초청해서 장례식을 거행
하는 것이지요. 이 의례를 통해 고인을 충분히 추모하고
또 유족들을 위로합니다.

그런데 한국의 장례식장에서는 이런 의례가 행해지지
않습니다. 보통 장례식장은 병원에 딸려 있는데, 엄밀히
말하면 이곳은 장례식장이 아니라 '문상소間喪所'라고 해
야 합니다. 장례식은 안 하고 문상만 하니 말입니다. 그래
서 그런지 고인에 대한 추모와 유족에 대한 위로가 없습

니다. 유족들에게는 그저 형식적으로 간단하게 인사하고, 문상객들끼리 잡담하다 오는 게 전부입니다. 이런 장례 문화는 바람직하지 않습니다. 겉치레만 있을 뿐 내용이 없기 때문입니다.

또 한 가지, 이 '문상소' 즉 영안실과 관련해 지적할 것이 있습니다. 환자들이 생활하는 병동은 아직도 환경이 열악한데 영안실은 갈수록 화려해진다는 사실입니다. 환자가 살아 있을 때는 그다지 좋지 않은 환경에서 고생하다가 운명하면 그제야 화려한 영안실로 옮겨지는 셈입니다. 그것도 정작 고인은 없는 영안실이 갈수록 화려해지니, 이게 무슨 얼토당토않은 처사입니까?

병원마다 영안실을 화려하게 만드는 데 무슨 경쟁이라도 붙은 느낌입니다. 그렇게 영안실을 화려하게 지을 돈이 있으면 병동의 환경을 개선하고, 더 나아가서 호스피스 병동을 더 많이 짓는 게 순리 아닐까요? 그래야 병원에 입원한 환자들이 편안하게 임종을 맞을 것 아니겠습니까? 환자가 죽은 다음에 영안실이 어떻든 무슨 상관이란 말입니까?

이런 현실의 부조리함에 동의하신다면, 자신의 장례식

을 어떻게 치르면 좋을지에 대해 미리 생각해보시기 바랍니다. 지금 세간에서 사람들이 하는 것과 같은 문상을 받을지, 아니면 따로 교회나 절 같은 데서 장례식을 할지, 아니면 아예 장례식이 필요 없다든지 하는 등의 견해를 자신의 유언장에 쓰면 됩니다. 또는 적극적으로 자신의 장례식을 디자인할 수도 있습니다. 예비 부부가 직접 자신들의 결혼식을 디자인하듯이 장례식 역시 당사자의 뜻에 따라 절차와 방식을 정할 수 있다는 이야기입니다.

물론 우리나라에서는 그렇게 하기가 쉽지 않을 것입니다. 정식 장례식을 하고 싶어도 거행할 장소가 없기 때문에 더더욱 그렇지요. 그러나 방법이 없는 것은 아닙니다. 종합병원에는 여러 사람이 들어갈 수 있는 큰 방이 있으니 그곳을 이용할 수 있습니다. 또 종교가 있는 사람들은 자신이 다니는 교회나 절을 이용할 수도 있겠지요.

그럼 장례식을 한번 디자인해볼까요. 우선 자신이 초청하고 싶은 사람을 선정합니다. 그분들의 이름만 적어서는 안 되겠지요. 자식들이 그분들께 연락해서 초청할 수 있도록 연락처도 함께 적어놓아야 합니다. 그다음에는 식순을 짭니다. 기독교식 예배나 불교식 법회가 될 수도 있고,

자신이 특별히 짠 독특한 순서로 예식이 진행될 수도 있습니다. 또한 각 순서를 맡을 사람들을 확실하게 명기하는 게 좋습니다. 예를 들어 조사弔辭는 누구에게 부탁하고 조가弔歌는 누가 했으면 좋겠다고 확실히 적어두는 것입니다. 조가의 경우 어떤 노래를 해주면 좋을지도 밝혀둡니다. 또 종교 신자라면 자신이 듣고 싶은 성구聖句를 명시하고, 누가 그것을 읽어주면 좋을지에 대해서도 적습니다. 그 외에 사람마다 원하는 것이 다 다를 수 있으니, 자신의 취향에 따라 어떤 순서든 넣을 수 있습니다.

끝으로 중요한 것이 하나 남았습니다. 마지막 인사를 남기는 것입니다. 그러니까 자신이 직접 마지막 인사를 미리 녹음 내지 녹화해두는 것입니다. 이것은 물론 정신이 성성할 때 해야겠지요. 어떤 내용으로 하면 좋을까요? 대체로 이런 것이 아닐까 싶습니다. 우선 자신이 한평생 살면서 어떤 마음으로 살았고, 주위로부터 어떤 은덕을 입었는지 밝힙니다. 그동안 신세진 분들에게 세세하게 감사의 뜻을 전하고, 자신이 잘못한 분들에게는 진실된 마음으로 용서를 구하면 좋겠지요. 이런 내용들을 영상으로 찍어서 장례식 당일에 마지막 순서로 보여준다면 정말로 훈훈한 의례가 되지 않을까요. 그러면 장례식에 참석한 사람들도 고인을 추모하는 마음이 강하게 일고 유족들도 큰 위안을 받을 수 있겠지요.

이와 꼭 같지는 않지만 비슷한 경우가 실제로 있었다고 합니다. 아마 이웃나라 일본에서 있었던 일인 것 같은데요, 장례를 마치고 화장장으로 가는 버스 안에서 일어난 일입니다. 고인의 마지막 길을 함께 가느라 문상객들이 모두 침울하게 앉아 있는데, 갑자기 고인이 버스 모니터 TV에 나타난 겁니다. 사람들이 다 깜짝 놀랐지요. 돌아가신 분이 나왔으니 말입니다.

TV 속 영상에서 고인은 우선 날씨도 궂은데 자신의 마지막 길에 동행해준 여러분께 감사한다는 인사말을 전했습니다. 그리고 자신의 삶을 간단하게 회고하고, 살아오는 동안 감사했던 사람과 미안했던 사람들에게 자신의 마음을 전했습니다. 또 비록 자신은 먼저 가지만 다시 만날 것을 고대한다면서 인사를 마쳤습니다. 그 영상을 본 문상객들은 고인을 다시 본 것 같아 어두웠던 마음을 걷어내고 편안하게 화장장으로 가 무사히 화장과 봉안을 마쳤다고 합니다.

이런 식으로 자신의 마지막을 디자인한다면, 자신은 유종의 미를 거둘 수 있어서 좋고, 친지나 지인들은 고인을 좋은 기분으로 추억할 수 있을 테니 얼마나 좋겠습니까.

그런데 이 일화에서 한 가지 이상한 점을 발견하지 않으셨습니까? 고인은 당일 날씨가 궂을 것을 어떻게 미리 알았을까요? 답은 간단합니다. 날씨에 따라 여러 버전으로 녹화를 해둔 것이지요. 그러니까 해가 쨍쨍했으면 날씨가 화창하다고 했을 것이고, 비가 왔으면 비가 오는데도 이렇게 자신의 마지막 길을 동행해주어서 고맙다고 했겠지요. 이 정도로 용의주도하게 자신의 장례식을 준비하는 일이 쉽지는 않겠지만, 참고하셔서 자신의 마지막 며칠에 대해 잘 계획해보시기 바랍니다.

마지막으로 '문상소'에 대해 한마디 더 하면, 지금도 조금만 신경 쓰면 얼마든지 문상소의 분위기를 바꿀 수 있습니다. 그러니까 지금처럼 사람들이 와서 건성으로 문상하고 옆에 있는 접객실에서 자기들끼리 대화를 나누다 가는 진부한 분위기를 바꿀 수 있는 방도가 있다는 것입니다. 예를 들어, 접객실에 고인의 일대기를 담은 영상을 틀수도 있겠지요. 그러면 문상객들이 잡담만 하지 않고 잠깐이라도 고인을 추모하는 시간을 가질 수 있을 겁니다. 결혼식 때는 신랑신부의 영상을 멋있게 만들어 틀어주면서, 장례식장에서는 고인의 영상을 틀지 말라는 법은 없지 않습니까? 또는 고인의 유품 등을 진열해놓을 수도 있습니다. 그러면 문상객들이 그것을 보거나 만지면서 고인과 맺었던 인연에 대해 서로 정담을 나눌 수 있겠지요. 그렇게 고인을 추모하면 유족들도 큰 위안을 받을 수 있을 것입니다.

제례 문제

유언장에 장례에 대한 의견을 밝혔다면, 이제 제례를 어떻게 지내주면 좋겠는지에 대해서도 의견을 표명할 수 있습니다. 예를 들어, 그냥 전통 유교식으로 제사를 지내라든가 아니면 기독교식으로 추모예배를 드려달라고 부탁할 수 있겠지요. 그런데 이 제사가 과연 앞으로 얼마나 이어질지 모르겠습니다. 자식이 하나나 둘밖에 없고 게다가 딸만 있는 집안도 많으니까요. 지금 한국 사회가 워낙 많이 바뀌어 제사의 미래도 이전과 많이 달라질 것 같습니다.

제례 문화와 관련해서 한 가지 확실한 것은, 앞으로 제사는 1대봉사, 즉 부모만 제사 지내는 것으로 바뀔 것이라는 점입니다. 그것도 옛날처럼 음식을 많이 차려놓고 지내는 것이 아니고, 훨씬 간소한 방식으로 바뀔 것입니다.

이런 조짐은 벌써 나타나고 있는데, 그 실례를 한번 들어보지요. 일생 해운업을 한 어떤 기업의 회장이 자식들에게 남긴 유언장에 대한 기사를 본 적이 있습니다. 이 유언장에서 그는 장례와 제사에 관련해 이렇게 밝혀두었습니다. 우선 자신은 평생 바다를 가까이 하면서 살았기 때문에 장례는 해양장으로 해달라고 부탁합니다. 유골을 그냥 바다에 뿌려달라는 것이지요. 그리고 제사에 관해서는 대단히 혁신적인 이야기를 합니다. 일반적인 제사는 며느리에게 큰 짐이 되니 아예 지내지 말고, 대신 자신의 기일에 다음과 같은 간단한 일만 하라고 당부합니다. 아침에 꽃을 들고 간단하게 묵념을 하고, 저녁때 다 같이 모여서 식사를 하라는 것입니다.

이 얼마나 간단합니까. 이렇게 해도 고인을 충분히 추모할 수 있습니다. 그는 더 나아가서 이런 식의 추모도 이번 대에서 끝내야 한다고 이야기합니다. 참으로 현명한 분으로 보입니다. 어차피 손주 대로 가면 제사나 추모 같은 건 사라질 것임을 알고 미리 부담을 덜어주었으니 말입니다. 이 유언장이 작성된 게 1998년의 일이니, 꽤 일찍이 매우 혁신적인 제례를 주문했다고 할 수 있습니다.

사실 제사라는 것은 여러모로 이해하기 힘든 면이 있습니다. 예를 들어, 고인의 영혼이 왕림해 음식을 든다는 것부터가 그렇습니다. 유교는 인간의 영혼을 인정하지 않는데, 그 영혼들이 온다고 상정하니, 이것부터가 모순입니다. 혹시 영혼이 있다손 치더라도 물질이 아닌 영혼이 어떻게 물질인 음식을 먹을 수 있겠습니까? 의문은 계속됩니다. 영혼이 정말로 먹는다고 한다면 왜 기일이나 명절 때만 음식을 차려놓는 것입니까? 다른 날은 어떻게 합니까? 다른 날은 이 영혼들이 굶고 있는 것 아닌가요?

이렇게 보면 기일에 음식 없이 고인을 추모하는 의례도 가능할 것으로 생각됩니다. 그렇게 하면 제사 때 생기는 여러 가지 집안문제들이 단번에 해결됩니다. 제사 음식 때문에 주부들이 얼마나 힘들어합니까? 제 개인적인 생각으로는 앞으로 우리의 제례도 이런 방향으로 흘러갈 것 같습니다.

유산 상속과 재산 기부

사실 유언장에서 가장 중요한 부분이 바로 이 유산 상속 문제인데, 자칫 잘못하면 복잡한 상황이 발생할 수 있으니 조심해야 합니다. 돈이 많은 집안이라고 해서 반드시 유산 상속 문제가 생기는 것도 아니고, 돈이 없는 집안이라고 해서 이런 문제가 전혀 없는 것도 아닙니다. 이 문제는 자식들의 이익에 관계되는 것이니 현명하게 대처해야 합니다. 그래서 유산 상속 문제는 자식들과 사전에 충분히 상의한 다음 유언장에 적는 것이 좋은데, 그렇게 하기가 생각처럼 쉽지는 않을 겁니다. 상속 문제가 복잡할 때에는 전문 변호사의 도움을 받는 것도 생각해볼 만합니다.

여기서는 일단 법적으로 상속이 어떻게 규정되어 있나 보겠습니다. 이 정도는 상식으로 알고 있어야 현명하게 대처할 수 있습니다. 현행법상 법정 상속분의 기본 법칙은, 모든 자녀에게 유산이 균등하게 분할되고, 배우자에게는 한 자녀 분할분의 1.5배가 가게 되어 있습니다. 중요한 것은 자식들에게는 아들딸 구분하지 않고 똑같이 나눈다는 것입니다. 그런데 이것은 어디까지나 법적인 이야기고, 유언장에는 자신이 원하는 대로 상속 의사를 밝힐 수 있습니다. 그리고 이것은 당연히 법적인 규정보다 더 유효합니다. 그러나 만일 고인이 아무 유언을 남기지 않고 타계했다면, 그때는 이와 같은 법정 상속분으로 상속됩니다.

유산 상속 문제에 대해 강의할 때 제가 농담처럼 하는 말이 있습니다. 이것은 보통 사람들에게는 그리 해당되지 않는 문제로, 혼외자식에 대한 것입니다. 혼외자식을 둔 사람은 많지 않을 테니, 대부분의 사람들에게는 해당되지 않겠지요. 하지만 만에 하나 그런 분이 있다면, 그 자식에 대해서도 유언장에 밝혀야 한다는 겁니다. 그러지 않으면 나중에 불쑥 이런 자손들이 나타나 상속을 요구했을 때 큰 곤혹을 겪을 수 있습니다. 평범한 우리에게는 해당 사항이 없는 일이지만, 혹시나 하는 마음에 이야기해봅니다.

이 문제 때문에 사후 곤혹을 치른 대표적인 사람이 바로 〈고엽〉을 불러 세계적인 인기를 누렸던 프랑스 가수 이브 몽탕입니다. 그가 죽은 후 몽탕의 딸이라고 주장하는 사람이 나타나서 재산을 분할상속해달라고 했다는 겁니다. 그런데 그녀의 이야기를 확인할 방법이 없지 않습니까. 그래서 할 수 없이 몽탕의 관을 다시 열었답니다. DNA 검사를 하기 위해서 말이지요. 이처럼 혼외자식이

인간이 죽는다는 것은

'죽는' 사건 하나만 지칭하는 것이 아닙니다.

유족들이 슬픔을 이겨내고 일상생활로 돌아왔을 때

비로소 끝나는 것이라 할 수 있습니다.

있다는 사실을 유언장에라도 밝히지 않으면, 당사자의 사후에 가족들이 곤혹스러운 상황에 처할 수도 있습니다.

유언장에는 또 사회에 재산을 기부하는 문제에 대해서도 적을 수 있습니다. 유산 상속이나 재산 기부는 모두 본인의 의사에 달린 것이니, 우리가 여기서 길게 왈가왈부할 문제는 아닌 것 같습니다.

금융 정보나 부동산, 채무 문제에 관해

이번에도 역시 돈에 관계된 내용입니다. 자신이 소유하고 있는 통장이나 채권 등 금융 정보에 대해서도 유언장에 남김없이 밝혀야 합니다. 그중에 가장 대표적인 것은 물론 현금이겠지요. 어떤 은행에 얼마만큼의 돈이 있다고 알려주는 것입니다. 자신 명의의 통장을 모두 열거해야 하는데, 이때 가장 중요한 것은 통장의 비밀번호까지 써놓아야 한다는 것입니다. 이것은 아주 사소한 정보 같지만 매우 중요한 일입니다. 당사자의 사후에 비밀번호를 모르면 누구도 돈을 찾을 수 없기 때문입니다. 물론 금융감독원 같은 데에 필요한 서류를 제출하면 비밀번호를 가르쳐준다고 하지만, 괜히 일을 번거롭게 만들 필요는 없으니, 비밀번호를 미리 써놓는 것이 좋습니다.

금융 정보는 현금 외에도 많이 있겠지요. 주식이나 펀드, 보험 가입 정보 등 자신이 소유하고 있는 금융자산들을 확실하게 밝혀놓아야 합니다. 또 부동산 권리증서나 채무 관련 증서도, 그 서류가 어디 있는지 적시할 필요가 있습니다. 내가 어디에 어떤 땅을 갖고 있고, 누구에게 돈을 얼마나 빌려주었는지 혹은 빌렸는지를 밝혀야 합니다. 특히 돈을 빌려주고 빌린 문제에 대해서는 자식들이 모를 수 있으니 반드시 정확하게 적시하는 게 좋습니다.

남기고 싶은 말

유언장의 마지막에는 자식들에게 남기고 싶은 말을 적습니다. 아무리 부모자식간이라도 평소에 하지 못하는 이야기들이 있습니다. 또 자녀들에게 꼭 남기고 싶은 이야기도 있습니다. 이것은 당부의 말이 될 수도 있고 사랑의 말이 될 수도 있습니다. 여기에 좋은 글을 남긴다면 자녀들은 그것을 마음에 품고 두고두고 새기면서 살아갈 것입니다. 일종의 유훈 같은 것이지요. 이 글을 통해 자녀들은 부모님이 항상 같이 있는 것처럼 느낄 수 있습니다. 그래서 여기에는 온 마음을 다해 진정성 있는 글을 남기는 것이 좋습니다.

이 글까지 쓰면 유언장은 완성됩니다. 그러나 완성되었다고 해서 수정할 수 없는 것은 아닙니다. 유언장은 아무 때나 고칠 수 있습니다. 예를 들어, 자신이 말기 질환 상태가 됐을 때 막내딸이 마음을 다해 병수발을 들었다면 그 딸에게 가는 상속지분을 늘려줄 수 있겠지요. 또 남기고 싶은 말도 얼마든지 내용을 바꾸거나 첨가할 수 있습니다. 유언장은 한 번 쓰고 마는 게 아니라 임종할 때까지 계속해서 완성해가는 것입니다.

여기서 팁 삼아 한 말씀 더 드리자면, 유언장의 이 '남기고 싶은 말'을 확대해서 아예 자신의 자서전을 써보는 것도 좋습니다. 아직 정신이 성성할 때 과거를 더듬으면서 자신이 지나온 길을 정리하면 좋겠지요. 요즘 우리는 보통 80세가량을 사는데, 그 세월 동안 얼마나 많은 일이 있었겠습니까. 인생에는 몇몇 변곡점, 그러니까 터닝포인트가 있습니다. 그런 지점들을 중심으로 내 인생이 어떻게 흘러왔나를 글로 쓰면서 반조해보세요. 그러면 전혀 다른 세계가 열릴 수 있습니다. 그 경험들이 그냥 머릿속에 생각으로 있는 것과 그것을 글로 표현하는 것은 다르기 때문입니다. 글로 표현하면 그 경험들이 새롭게 느껴지고 더 생생하게 다가올 겁니다.

이런 걸 '창작의 기쁨'이라고 하는데, 이렇게 정리해놓으면 생의 마지막 순간 몸을 벗을 때에도 미련이 훨씬 덜 하지 않을까요? 그리고 이런 기록은 후손들에게 큰 귀감이 될 수 있습니다. 자식들이 아버지나 어머니를 새롭게 이해할 수 있는 계기가 되는 것이지요. 또 부모님이 세상을 떠난 뒤 그분들이 보고 싶으면 자손들은 이 자서전을 읽으면서 그리움을 달랠 수 있습니다. 그리고 조부모님들의 일생을 잘 모르는 손주들에게 조부모가 어떤 분이었고 어떤 삶을 살았는지를 보여줌으로써, 그들에게 좋은 귀감을 제공할 수도 있을 것입니다.

그런데 이 자서전 쓰기는 일종의 창작 작업이라 쉽지 않을 수 있습니다. 글을 한 번도 써보지 않은 분들에게는 어려운 작업일 수 있다는 것이지요. 그런 분들에게는 앨범 정리를 권하고 싶군요. 우리는 그동안 수십 년을 살면서 많은 사진을 찍었습니다. 그래서 그 사진만 가지고도 인생을 정리할 수 있습니다. 우리 대부분은 아마도 그동안 찍었던 사진들을 정리하지 않은 채 어딘가에 쌓아두었을 겁니다. 그 사진들 가운데 중요한 것을 골라서 자신의 인생을 한번 정리해보면 좋지 않을까요? 삶에서 중요한 시점에 찍은 사진들을 골라 앨범에 배열하고, 거기에 간단한 설명을 붙입니다. 그러면 그게 바로 자신의 일대기가 되는 것입니다.

여기에 사진만 들어가는 것은 아닙니다. 자신이 그동안 받았던 여러 가지 문서도 같이 넣으면 좋겠지요. 예를 들어 초등학교 졸업장이라든가 성적표, 개근상장, 합격통지서 등 자신의 인생에서 중요한 문서들을 골라 붙여놓는 겁니다. 이를테면 '사진과 문서로 본 자서전'이라고 할까요. 이렇게 만들어서 자손들에게 물려주면, 자손들은 여러분이 보고 싶을 때 이것을 꺼내놓고 하나씩 펼쳐가며 부모 혹은 조부모를 추억할 겁니다.

앞에서도 제사의 문제점에 대해 언급했지만, 우리가 현재 제사 지내는 것을 보면 문제가 많습니다. 우선 음식 만드는 데에 너무 많은 시간을 허비합니다. 그러나 정작 의례는 빨리 해치웁니다. 아마 15분도 걸리지 않을 겁니다.

그러고는 둘러앉아 음식을 먹으면서 잡담만 늘어놓지 않습니까? 제사 지낸 부모님이나 조부모님은 완전히 잊어버립니다. 제사는 그분들을 기리기 위한 의식인데, 정작 그분들이 소외되는 것입니다. 이럴 때 미리 만들어놓은 자서전을 펼쳐보면서 그분들에 대해 이야기를 나눈다면 얼마나 좋겠습니까.

한 걸음 더 나아가, 이 자서전을 전부 스캔해서 파일로 만드는 것도 생각해볼 수 있습니다(이 일은 여러분이 할 수 없을 것 같으니, 20~30대의 손주들에게 부탁해야겠네요). 이것을 파일로 만들면 장례식 때 아주 유용하게 쓸 수 있습니다. 제가 여러 번 이야기했지만, 우리나라의 장례식장에는 고인에 대한 추모가 거의 없습니다. 이렇게 된 데에는 여러 이유가 있겠지만, 고인을 생각할 수 있는 여건이 준비되지 않는 것도 큰 요인일 겁니다. 고인을 추모하고 싶어도 고인에 대해 생각할 만한 물건이나 계기가 장례식장에는 거의 없으니까요. 그러니 우리가 직접 그런 여건을 준비해두면 좋지 않겠습니까.

요즈음 결혼식에 가면 대부분 신랑신부에 대한 영상을 틀어놓습니다. 그것을 보면서 하객들은 신랑신부의 인연과 인생을 생각하게 됩니다. 그러면서 축하하는 마음이 더 커지게 되지요.

제 말씀은 그런 영상을 장례식에도 만들어보자는 겁니다. 그런데 결혼식은 주인공들이 살아 있고 잘 짜인 계획대로 움직이니 이런 영상을 만드는 일이 충분히 가능합니다. 그에 비해 장례식은 일단 본인이 없으니 만들기가 어렵지요. 게다가 사람의 죽음은 갑자기 닥치는 것이라, 그런 것을 준비할 여력이나 시간이 없는 경우가 많습니다. 따라서 의향이 있으시다면 미리미리 만들어놓아야 합니다.

또 하나 생각나는 것이 있습니다. 영정사진을 본인이 직접 찍어보는 것입니다. 요즘은 좋은 사진기도 값이 많이 싸져서 비전문가들도 얼마든지 좋은 사진을 찍을 수 있습니다. 영정사진을 남에게 맡기는 것이 아니라 자신이 직접 기획해서 찍어보면 어떨까요? 그러니까 우리가 직접 자손들에게 기억되고 싶은 모습으로 연출해보자는 겁니다. 예를 들어, 어떤 옷을 입고 찍을지, 어디서 찍을지, 어떤 자세로 찍을지, 어떤 소품을 사용할지 등을 자신이 직접 결정할 수 있습니다. 흡사 영화감독처럼 해보자는 것이지요. 한두 장만 찍는 게 아니라 다양한 옷을 입고 색다른 배경에서 자세를 달리하며 여러 장을 찍어보는 겁니다. 그중에서 제일 좋은 것을 가족이나 친지들과 같이 골라 실제로 영정사진으로 써달라고 부탁할 수도 있습니다.

이처럼 자신의 임종을 앞두고 할 일이 정말 많습니다. 이 모든 것이 지금껏 살아온 인생에서 유종의 미를 거두기 위한 작업의 일환입니다.

사전연명의료의향서는 왜 필요하고
어떻게 쓰는 것인가?

사전연명의료의향서(이하 의향서)를 왜 미리 작성해야 하는가에 대해서는 앞에서 이미 언급했습니다. 유언장은 가족을 위해 쓰는 것이지만 의향서는 본인을 위해 쓰는 것입니다. 말기 질환 상태에 들어간 본인이 의식불명 상태가 되었을 때 자신이 받고 싶은 치료와 그렇지 않은 치료를 사전에 문서로 밝히는 것입니다.

이 서류는 쉽게 구할 수 있습니다. 대부분의 큰 병원에 있고, '사전의료의향서 실천모임' 같은 단체에 연락하면 무료로 보내줍니다. 그런데 지금은 법이 바뀌었습니다. 제가 보기에는 그리 바람직하게 바뀐 것 같지는 않습니다. 이 법에 규정되어 있는 것을 간단하게 살펴보면, 이 의향서는 보건복지부가 지정한 '등록기관'을 통해 본인이 작성해 '국가생명윤리정책원'에 보내 보관해야 합니다. 그래야 법적인 효력이 생긴다고 합니다. 이 등록기관으로는 '사전의료의향서 실천모임'이나 '서울대병원' 등이 있는데, 이 기관들에 대해서는 국가생명윤리정책원의 홈페이지에 들어가면 열람할 수 있습니다.

법이 이렇게 바뀐 취지를 이해하지 못하는 바는 아닙니다. 기껏 의향서를 작성해놓았다가 마지막 순간에 번복하는 것을 막으려는 것이겠지요. 그런데 내 목숨을 내가 책임지겠다는데 국가가 왜 간섭하는 것인지 모르겠습니다. 의향서를 써놓았다가도 마지막 순간에 나는 연명의료를 받겠다고 하면 그 의견 역시 존중해야 합니다. 또 자식들이 비록 부모님이 의향서를 썼지만 자식 된 도리로 연명의료를 해드리겠다고 하면 그 뜻 역시 존중해야 합니다. 그걸 법으로 막을 수는 없습니다. 물론 본인이나 가족들을 설득해서 의향서에 적은 대로 연명의료를 중단하자고 권할 수는 있습니다만, 그분들이 결정한 사항을 법이 부정할 수는 없는 것입니다. 좌우간 지금 이에 관련된 법령이 지나치게 복잡해 걱정이 됩니다. 국가가 과도하게 개인의 영역을 침범하고 있는 것 같아 기분이 착잡합니다.

이 의향서와 성격이 비슷한 문서가 하나 더 있습니다. 2018년 2월 연명의료결정법이 발효되면서 새로 나온 연명의료계획서(이하 계획서)입니다. 의향서는 아무나 쓸 수 있는 문서입니다. 그러니까 병에 걸리지 않은 사람도 쓸 수 있습니다. 이에 비해 계획서는 말기 질환(암, 에이즈, 만성간경화, 만성폐쇄성호흡기질환)이나 임종기에 접어든 환자가 의사와 같이 쓰는 문서입니다. 마지막 단계에 들어간 사람이 쓰는 것이지요.

그런데 이 계획서에는 반드시 의사가 서명해야 합니다(반면 의향서 작성은 의사와 전혀 관계없습니다). 그런 면에서 계획서는 작성 주체가 의사라고 할 수 있습니다. 담당 의사와 해당 분야의 전문의 한 명이 말기 질환이나 임종 직전에 있는 환자에게 권해서 같이 쓰는 것입니다. 내용은 의향서와 거의 비슷합니다. 즉, 연명의료를 받을 것인지, 혹은 호스피스 의료를 이용할지 등에 대한 의견이 포함됩니다. 그런데 의향서를 써놓았다면 계획서를 굳이 쓰지 않아도 됩니다.

이런 서류가 필요한 이유에 대해서 다시 잠깐 살펴볼까요. 우리가 병에 걸렸을 때 필요한 치료를 받아 건강을 회복할 수 있다면 당연히 치료를 받아야 합니다. 그러나 말기 질환 상태가 되면 어떤 치료도 건강을 되찾게 해주지 못합니다. 그럴 때 무리하게 치료를 하면 환자가 엄청난 고통을 겪게 됩니다. 이 점이 가장 큰 문제입니다. 그래서 의미 없는 치료라고 하는 것이지요. 그리고 이런 치료를 받으려면 보통 중환자실에 가야 하는데, 중환자실에 한 번이라도 가본 사람은 결코 그런 곳에서 임종을 맞이하고 싶지 않다는 생각이 들 겁니다. 인공호흡기 등 여러 종류의 연명기구가 몸에 꽂혀 있고, 환자 본인은 의식불명 상태에서 숨만 간신히 쉬고 있는 모습을 보면, 누구라도 그렇게 생각하겠지요.

이때 중단해야 할 연명의료에는 어떤 것이 있을까요? 간단합니다. 심폐소생술, 혈액 투석, 항암제 투여, 인공호흡기 착용 등입니다. 이런 치료는 환자에게 큰 고통을 안

겨줄뿐더러 경제적인 부담도 엄청납니다. 어떤 통계에 의하면, 한 사람이 평생 쓰는 의료비 중 절반을 죽기 전 한 달 동안 받는 치료에 쓴다고 합니다. 특히 죽기 전 3일 동안 그 의료비 중 25퍼센트를 씁니다. 마지막 단계에 마구 쏟아붓는 것이지요. 그런데 이 치료는 정말로 필요한 것이 아닙니다. 아무 효과도 없으니까요. 그러니 이때 들어가는 돈은 그냥 버리는 것과 같습니다. 그렇게 돈을 버리는 것도 아깝지만, 그런 치료가 당사자를 더 고통스럽게 만드니, 반드시 피해야 합니다.

그런데 이전에는 이런 연명기구(혹은 의료)를 일단 사용하기 시작하면 의료진이나 가족들이 임의로 뺄 수 없었습니다. 환자 본인이 필요없다고 할 때에만 떼어낼 수 있었지요. 하지만 환자가 미리 의향서를 작성하지 않고 의식 불명 상태가 되면 이 기구를 제거하고 싶어도 그렇게 할 수 없었습니다. 본인의 의사를 알 수 없으니 어쩔 수 없는 것이지요. 본인의 의사를 모른 채 이 기구를 제거하면 의료진이 살인미수 등의 혐의를 덮어쓸 수도 있습니다. 그래서 의료진들도 함부로 제거하지 못하는 겁니다.

의향서를 정신이 성성할 때 미리 작성해놓으라고 하는

이유가 바로 여기에 있습니다. 이 문서의 작성은 간단합니다. 앞에서 말한 네 가지 대표적인 연명의료를 거부하면 됩니다. 그 외에 혈액검사 등 여러 가지 검사도 거부할 수 있습니다.

말기 질환 상태에서 가장 중요한 것은 아무런 의미도 없는 연명의료가 아니라 통증 완화입니다. 병환이 깊어지면 엄청난 고통이 몰려온다고 합니다. 이렇게 고통이 심해서는 삶을 존엄하게 마무리할 수 없습니다. 아프면 인격이고 뭐고 없습니다. 너무 아파서 행동이 거칠어질 수 있습니다. 평상시와 달리 과도하게 신경질을 부리고 격하게 화를 낼 수도 있지요. 환자가 그렇게 행동하면 가족이나 지인들은 큰 상처를 받을 수 있습니다. 이렇게 되면 당사자가 평생을 훌륭하게 살았음에도 불구하고, 그 이미지를 마지막에 다 망칠 수 있습니다. 정말 안타까운 일이지요.

이런 일을 피할 수 있는 방법이 있습니다. 진통제로 얼마든지 통증을 완화할 수 있습니다. 진통제를 제대로 쓰면 적어도 70~80퍼센트의 통증은 잡을 수 있다고 하더군요. 이 문제는 매우 중요하니 아플 때 절대로 참지 말고 의료진에게 진통제를 요구하시기 바랍니다. 진통제 외에,

생명이 있는 한 기본적인 수분과 영양 공급은 해주어야 하는데, 이것은 의료진이 알아서 해주기 때문에 문제 될 게 없습니다.

의향서는 미리 작성해놓으면 물론 좋지만 병원에 입원했을 때 해도 됩니다. 그리고 지금은 법이 바뀌어서(2018년 2월 이후 효력 발생), 환자가 의향서를 작성하지 않았어도 가족 2인 이상이 증언하고 의사 2인이 확인하면 연명의료를 중단할 수 있게 되었습니다. 그러니까 사고를 당해 갑작스럽게 의식불명 상태가 된 경우를 생각해보십시오. 이때 본인이 의향서를 써놓지 않았다면 본인의 의사를 알 수 없습니다. 그러나 본인이 평소에 연명의료를 받지 않겠다고 가족들에게 말한 사실이 증명되면 그 치료를 중단할 수 있다는 이야기입니다.

그런데 강의는 이렇게 하지만 실제로 현장에서는 일이 반드시 이렇게 진행되지는 않는 것 같습니다. 비록 의향서를 써놓았다 하더라도, 막상 생명이 얼마 안 남게 되면 헛된 일인 줄 알면서도 연명의료를 받는 사람이 적지 않다고 합니다. 본인이 연명의료를 원하면 자식들은 따라가는 수밖에 없습니다. 그러나 이때 더 냉정하게 판단하시기 바랍니다. 연명의료에라도 기대고 싶은 게 인지상정이지만, 그 치료가 아무 도움이 안 된다는 것을 명심해야 합니다.

2장   말기 질환을
　　　　　　대하는
　　　　　　자세

1장에서 우리는 유언장과 사전연명의료의향서를 작성함으로써 임종을 준비하는 방법에 대해 알아보았습니다. 이번에는 화제를 조금 바꿔서 우리가 말기 질환 상태에 들어갔을 때 어떻게 대처하는 것이 좋은지에 대해 살펴보겠습니다.

말기 질환 상태는 매우 위중해서 속수무책으로 당하기 쉽습니다. 게다가 누구나 처음이자 마지막으로, 일생에 한 번밖에 겪지 않는 일이기 때문에, 용의주도하게 준비하지 않으면 큰 낭패를 볼 수 있습니다. 겪어보지 않은 일이니 무엇을 어떻게 해야 할지 모르는 것이지요. 이 상태에 대해 적절히 준비하는 것은 매우 힘든 일이지만, 어떻게든

지혜를 짜서 슬기롭게 대처해야 합니다.

말기 질환 상태에서는 본인뿐만 아니라 의료진과 가족이 적극적으로 개입하기 때문에, 이 세 주체로 나누어서 보려고 합니다. 의료진은 의료진대로 해야 할 일이 있고, 가족은 가족대로 지켜야 할 것이 있습니다. 물론 본인이 가장 중요하겠지만, 이 상태에서는 세 주체가 아주 긴밀하게 협조해야 당사자가 편안하게 임종을 맞을 수 있습니다.

우선 의료진이 맡은 일부터 볼까요. 이 단계에서 가장 먼저 일어나는 일은 의사가 환자(그리고 가족)에게 말기 질환 상태에 들어갔음을 알리는 것입니다. 그런데 그 전에 우리가 생각해봐야 할 것이 있습니다. 환자가 자신이 말기 질환 상태임을 알게 되는 몇 가지 경우에 대한 것인데, 이 중 어떤 것이 가장 이상적일까요?

말기 질환이라는 사실을 알게 되는 몇 가지 경우에 대해

여기서 가장 중요한 것은 환자의 '알 권리'입니다. 질환은 환자가 앓는 것이니, 그의 권리가 가장 중요합니다. 따라서 우리는 환자의 권리가 가장 존중되는 방법을 취해야 합니다.

폐쇄형

첫 번째 경우는 '폐쇄형'입니다. 쉽게 말해 '쉬쉬형' 혹은 '비밀형'이지요. 환자에게 말기 질환 상태임을 알리지 않는 것입니다. 가족들이 이렇게 하기를 원하면 의료진은 어쩔 수 없이 그 의견에 따라야 합니다. 의료진은 환자에게 그의 상태를 알리는 게 좋다고 생각하지만 가족들이 원하지 않으면 어쩔 수 없는 일이지요.

그런데 이것은 가장 나쁜 태도라고 할 수 있습니다. 이유는 간단합니다. 환자의 알 권리를 무시하는 것이기 때문입니다. 자신의 상태를 모르는 환자는 혼자서 허망한 망상에 빠지기 쉽습니다. 자신이 곧 나아서 퇴원할 것으로 생각하고 희망에 들떠서는 나가서 할 일에 대해 이런저런 계획을 세웁니다. 그러나 그 기대가 모두 헛된 물거품이라는 사실을 아는 데에는 그다지 오랜 시간이 걸리지 않습니다. 병이 위중해지면 자연히 자신의 상태를 알게 되기 때문입니다.

가족들이 이런 선택을 하는 것을 이해하지 못하는 것은 아닙니다. 무서워서 그렇겠지요. 아버지에게 "아버지는 6개월밖에 못 산다고 합니다"라고 이야기하는 것이 어디 쉬운 일이겠습니까? 차마 입이 안 떨어질 겁니다. 또 그런 소식을 전했을 때 환자가 낙담하는 모습을 보기가 안쓰러워 사실을 이야기하지 못할 수도 있습니다. 개중에는 아무리 말기 질환이라고 해도 혹시 나을 수 있는데, 괜히 발설을 해서 환자의 기를 꺾을 필요가 있느냐고 생각하는 분들도 있습니다. 하지만 그렇게 피하는 것만이 능사는 아니겠지요.

이런 선택을 해서는 안 되는 가장 큰 이유는 무엇일까요? 물론 환자의 알 권리를 무시해서는 안 된다는 게 가장 큰 이유입니다. 이것을 조금 더 구체적으로 보면, 환자가 자신의 인생을 정리할 시간을 갖지 못하기 때문입니다. 자신의 상태를 제대로 고지받지 못한 환자는 자신이 곧 죽는다는 사실을 모르기 때문에 삶을 정리하지 못합니다. 그러다 어느 날 상태가 갑자기 나빠지든지, 의식불명 상태가 되면 그걸로 끝입니다. 한 생을 힘들게 또 열심히 잘 살아

놓고, 그렇게 속절없이 가는 것은 본인에게 너무나도 큰 손실일 뿐만 아니라, 가족들의 상심도 클 수밖에 없습니다.

이렇게 폐쇄형으로 갈 경우, 고인이 세상을 떠난 후에 가족들이 후회하는 경우가 적지 않다고 합니다. '아버지와 더 진솔하게 대화를 할걸', '아버지에게 용서를 빌걸', '아버지에게 더 따뜻하게 마음을 전할걸' 하는 후회가 밀려오는 것이지요. 고인과 제대로 이별을 하지 못했기 때문에, 그런 회한에 휩싸일 수밖에 없는 것입니다. 그러니 잘 생각해보시기 바랍니다. 나중에 후회할 일은 하지 않는 것이 현명한 처사 아닐까요.

의심형과 상호기만형

두 번째 경우는 '의심형'입니다. 상황은 조금 다르지만 환자의 알 권리가 무시된다는 점에서는 '폐쇄형'과 같습니다. 이 경우는 말 그대로 환자가 자신의 상태에 대해 의심하는 것입니다. 가족이나 의사가 환자에게 진실을 말해주지 않은 것은 '폐쇄형'과 같은데, 환자가 스스로 무언가 심상치 않다는 것을 눈치채고 있는 것이 다른 점입니다. 의사나 가족들이 다 괜찮다고 하는데, 치료하는 방법도

달라지고 뭔가 찜찜합니다. 의심은 들지만 확실한 단서가 없으니 단정은 하지 못합니다. 그래서 의료진에게 물어보지만 그들도 명확하게 이야기해주지 않습니다. 가족들이 환자에게 알리지 않기로 결정했으니 의료진이 마음대로 말할 수는 없겠지요. 환자는 그런 상태로 내내 찜찜해하다가 상태가 더 나빠진 다음에야 자신이 말기 질환 상태라는 것을 알게 됩니다.

그다음 '상호기만형'도 비슷합니다. '의심형'과 다른 점은, 본인이 말기 질환 상태라는 사실을 환자도 알고 있다는 것입니다. 그러면서도 서로 모르는 체합니다. 진실을 대면하기가 피차 두려운 것이지요.

이 경우 환자가 자신의 상태를 알게 된 것은 의사가 직접 말해줘서가 아니라, 다른 경로를 통해서인 경우가 많습니다. 그래서 가족들은 환자가 알고 있는지 모르고, 또 그래서 환자는 자신이 말기 질환 상태가 아닌 것처럼 행동합니다. 환자도 진실을 터놓고 싶지만 그 후폭풍을 감당할 자신이 없습니다. 가족들도 마찬가지입니다. 진실을 알릴 자신이 없어 일단 피하고 보는 것입니다. 그리고 어떻게 하는 것이 좋을지 판단이 서지 않아 차일피일 미루

기만 합니다.

이런 상황이 환자나 가족 모두에게 좋지 않다는 것은 말할 필요도 없겠지요. 비록 환자가 진실을 알고 있기는 해도, 자신이 말기 질환 상태가 아닌 것처럼 행동해야 하기 때문에 임종 준비를 전혀 못하고 있을 테니까요.

가장 이상적인 개방형

그럼 어떻게 해야 할까요? 답은 간단합니다. '개방형'으로 가야 합니다. 터놓고 이야기하자는 것이지요. 진단이 나오면 의사가 바로 환자와 가족 모두에게 알리는 것입니다. 연구 결과에서도 같은 결론이 나왔습니다. 국립암센터에서 환자와 가족들을 대상으로 조사한 바에 의하면, 96퍼센트가 진단 즉시 자신의 말기 질환 여부를 알고 싶어 했습니다.[*] 물론 이 환자나 가족들이 실제 현장에서는 어떻게 처신할지 알 수 없습니다. 그러나 적어도 머리로는 진실을 대면해야 한다고 생각하는 것이지요.

그 이유는 여러분도 충분히 짐작하실 수 있을 겁니다.

◆ 윤영호 외,《임상종양학회지》22권 2호, 2004년 1월.

환자의 알 권리를 충족시켜서, 그로 하여금 남은 시간 동안 삶을 잘 정리할 수 있도록 도와주자는 것입니다. 이렇게 개방적으로 진실을 알린다면, 환자는 혼자서 그 힘든 길을 가는 것이 아니라 가족을 비롯해 주위의 도움을 충분히 받으면서 같이 갈 수 있습니다. 그럼으로써 남은 생애가 얼마나 되는지에 관계없이 자신의 인생을 잘 정리하고 존엄하게 생을 마칠 수 있습니다. 그러면 환자가 세상을 떠난 후에 가족들이 후회할 이유가 없습니다. 가족들은 환자에게 진실을 알려주었고, 남은 기간 동안 충분히 마음을 나누면서 고인을 편안하게 보내주었을 테니까요.

그런데 현장에 가보니 다른 목소리도 있더군요. 호스피스를 하는 간호사들의 이야기를 들어보니, 반드시 개방형이 좋지만은 않다는 겁니다. 연로한 분들의 경우 말기 질환이라는 사실을 알려주면 너무나 실망한 나머지 생의 의지가 급격히 꺾인다는 이야기였습니다. 그래서 병세가 급속도로 나빠져 6개월 살 수 있는 분이 3개월 만에 타계하는 경우도 있다고 하더군요. 그러니 마지막까지 활기차게 잘 살다 가실 수 있도록 알려주지 않는 게 나을 수도 있다는 겁니다.

이처럼 이 문제는 그렇게 간단하지 않습니다. 그러니 사람이나 상황에 따라 잘 판단해서 슬기롭게 대처해야 할 것입니다.

의사가 환자와 가족에게 말기 질환 사실을 알리는 방법에 대해

지금부터는 말기 질환 상태에 들어갔을 때 의료진과 가족, 환자가 어떻게 대처하는 것이 바람직한가에 대해서 살펴보겠습니다. 세 주체의 역할이 각기 다르기 때문에 이렇게 나눠서 보는 것입니다. 우선 의료진의 역할을 볼 텐데, 특히 말기 질환 사실을 환자 본인이나 가족에게 어떻게 알려야 하는지에 대해 살펴보겠습니다.

앞에서 본 것처럼, 말기 질환이 발생했을 때 의사는 바로 환자 본인과 가족에게 알려야 하는데, 그 알리는 방법이 다른 병과 많이 다릅니다. 당연히 다를 수밖에 없겠지요. 죽음과 관계된 알림이니까요. 그래서 그 다름을 주목해서 보았으면 합니다.

이런 상황에서는 의료진, 그중에서도 의사가 가장 중요한 역할을 합니다. 환자가 말기 질환 상태라는 사실을 가장 먼저 발견하고 알리는 것이 모두 의사의 역할이니까요. 이와 관련해 독자 여러분은 이런 의문이 들지도 모르겠습니다. 의료진의 역할은 의사만 알면 되지 가족이나 환자가 알 필요는 없지 않은가 하고 말입니다. 그렇게 생각할 수도 있지만, 말기 질환 상태는 워낙 위중하기 때문에 서로의 역할을 모두 숙지하고 있어야 슬기로운 대처가 가능합니다. 가족이나 환자가 상황에 따른 의료진의 역할에 대해서 충분한 지식을 가지고 있어야 그때그때 필요한 것을 요구할 수도 있지 않겠습니까.

의사는 극히 조심스럽게 궂은 소식을 전달해야

우리가 여기서 가장 먼저 볼 것은, 의사가 환자나 그 가족에게 환자의 병이 말기 질환으로 판명되었다는 것을 어떤 식으로 알려야 하는가 하는 문제입니다. 이런 통보는 굉장히 충격적인 내용이라 아주 조심스럽게 전해야 합니다. 환자들은 자신이 말기 암과 같은 위중한 질병에 걸렸다는 사실을 통보받을 때 머리가 하얘지면서 생각이 정지

된다고 합니다. 당연한 일이겠지요. 평소에 거의 생각하지 않았던 죽음이 바로 목전에 다가왔다고 하니 말입니다. 자신의 죽음에 대해서는 생각조차 해본 적이 없는데, 이제 몇 개월 후면 죽는다고 하니 얼마나 청천벽력 같겠습니까? 하늘이 다 무너져내리는 듯한 느낌일 겁니다.

환자의 이런 상태를 고려한다면 의사는 이 사실을 전할 때 아주 조심해야 합니다. 환자가 극도의 패닉 상태에 빠질 수 있으니 충분한 시간을 두고 안정시켜가면서 이 궂은 소식을 전해야 합니다. 물론 쓰는 단어들도 자극적인 것은 피해야겠지요. 자신의 표현에 극도로 세심하게 신경을 써야 한다는 뜻입니다. 예를 들어, 환자의 상태가 말기 암 4기라 치료 방법이 없을 때 "가망이 없다"고 할 것이 아니라, "적극적인 치료는 어려울 것 같다"는 식으로 표현을 눅여서 할 필요가 있다는 겁니다. 또 "이제는 치료보다는 통증을 완화하고 마음에 위안을 주는 호스피스 의료가 더 중요하다"는 식으로 정확한 정보를 주는 것도 중요한 일입니다.

여기서 특히 중요한 것은, 이런 상황에서 의사는 충분한 시간을 갖고 환자와 가족들에게 이야기를 해야 한다는 것입니다. 요즘은 그런 의사들이 없겠지만, 아침 회진하다 혹은 낮에 진료할 때 등 얼마 되지 않는 시간에 환자에게 말기 질환 사실을 알려서는 안 되겠지요.

제가 잘 아는 어떤 의사는 이런 궂은 소식은 평일 진료 시간에는 알리지 않는다고 합니다. 혹시 어쩔 수 없이 평일 진료 시간에 할 수밖에 없다면, 이 환자를 맨 마지막에 배치해 충분한 시간을 갖고 이야기할 수 있도록 한답니다. 더 좋은 방법은 주말에 따로 시간을 내서 환자와 가족들에게 확실한 정보를 찬찬히, 광범위하게 알려주는 것이 겠지요. 이때 의사는 병에 대해서는 말할 것도 없고 앞으로의 과정을 어떻게 밟아나갈 것인가에 대해서도 제공할 수 있는 정보가 많을 겁니다.

이 상황에서 의사들이 주의해야 할 일이 또 있습니다. 환자와 가족들에게 병세에 대해 설명할 때 의사들만 아는 전문적인 용어들을 쓰지 않도록 삼가야 한다는 것입니다. 이것 역시 당연한 일이겠지요. 환자나 가족들이 의사의 말을 알아듣지 못하면 안 되니까요. 의사는 환자나 가족들이 제대로 알아들을 수 있게끔 쉬운 용어를 사용해야 하고, 그들의 이해를 돕기 위해 노력해야 합니다. 여기서 이런 이야기를 하는 것은, 의사가 혹시 어려운 용어를 사용해서 설명하면, 쉬운 말로 풀어달라고 부탁하라는 의미입니다.

제가 지금 여기에 소개하는 이 내용은 미국에서 통용되고 있는 내과학 교과서에서 한 장◆을 발췌해, 한국식으로 각색한 것입니다. 미국 의학계에서는 이 주제에 대해 교과서 한 장을 할애해서 유용한 정보를 제공하고 있습니다. 그에 비해 한국의 의과대학에서는 이 문제를 아직 정식으로 거론하고 있지 않습니다. 이전에는 죽음학에 대한 강의도 일절 없었는데, 요즈음 들어 소수의 의과대학에서 제한적으로 가르치고 있는 것으로 압니다. 의사들이란 인간의 죽음과 가장 가까이 있는 사람들인데, 그들에게 이에 대한 교육이 충분히 이루어지지 않고 있는 것은 큰 문제라 하겠습니다.

이 단계에서 중요한 것은 의료진이 끝까지 같이 가겠다는 믿음을 확실하게 환자와 가족들에게 심어주어야 한다

◆ 〈Palliative and End of Life Care(완화 의료와 임종 간호)〉,《Harrison's Principle of Internal Medicine(해리슨의 내과학 개론)》, 19판, 2015.

는 것입니다. 이런 상황에서 환자와 가족들이 의지할 수 있는 존재는 의료진뿐입니다. 그들에게 의사가 끝까지 한편에 서겠다고 말하는 것은 그야말로 천군만마를 얻는 느낌일 겁니다. 저는 항상 이런 말을 합니다. 말기 질환 상태에서 환자가 존엄하게 임종을 하려면 의료진과 가족의 도움이 절실하다고 말입니다. 이때 의사가 할 수 있는 일은 구체적으로 어떤 것이 있을까요?

의사는 환자의 육체적인 고통을 덜어주어야

이 단계에서 의사가 해야 하는 중요한 일 가운데 하나는 환자의 고통을 덜어주는 것입니다. 앞에서도 언급했지만, 임종을 준비하는 단계에서 환자들은 두 가지의 큰 괴로움〔苦〕을 겪습니다. 정신적인 고독과 육체적인 고통이 그것입니다. 이 중 정신적인 고독은 가족들만이 해결해줄 수 있습니다. 임종의 전 과정을 같이하는 것은 가족들이기 때문입니다.

여기서 중요하게 살펴볼 문제는 육체적인 고통에 관한 것입니다. 우리는 말기 암 환자들이 얼마나 큰 고통을 겪는지 어느 정도 알고 있습니다. 물론 우리가 직접 겪어본 것은 아니지만 그분들의 호소를 들어보면 그 고통의 강도를 짐작할 수 있습니다. 이 고통 앞에는 장사가 있을 수 없습니다. 인격이 아무리 훌륭하고 덕이 높아도 다 무용지물입니다. 몸이 아픈 데는 어떤 것도 도움이 되지 않습니다.

일전에 한국 종교계의 큰 원로였던 분의 임종에 관한 이야기를 들었습니다. 이분이 노환으로 말기 질환 상태가 되었는데, 굉장히 아프셨던 모양입니다. 그래서 그 밑에 있던 사람들이 병문안을 가면 마구 화를 내고 신경질을 부리셨답니다. 그분은 평소에 아주 덕이 높은 분으로 추앙받았는데, 그런 평판과는 너무 다른 모습이어서 주변 사람들이 적이 당황했다더군요. 항상 온화하고 겸손하던 그분의 원래 모습은 사라지고 괴팍한 노인네처럼 구시니 당혹스러웠겠지요. 보다못한 지인들이 "이렇게 화를 많이 내시면 저희도 앞으로 병문안 안 올지 모릅니다"라고 읍소했더니, 이번에는 그분이 당황하셔서 앞으로 화를 안 내겠으니 계속해서 오라고 부탁하더랍니다.

저는 이 이야기를 듣고 뭔가 잘못되었다는 인상을 강하게 받았습니다. 왜냐하면 이분이 그렇게 괴로워하실 이유가 전혀 없기 때문입니다. 앞에서 언급한 것처럼, 이때의 고통은 어느 누구도 견디기 힘듭니다. 인격이고 뭐고 다 소용없다고 하지 않았습니까. 하지만 이 고통은 얼마든지 눅일 수 있습니다. 진통제를 제대로 쓰면 됩니다. 이때 쓰는 진통제는 '모르핀'이라고 하지요. 일종의 마약입니다. 이때에는 이렇게 강한 진통제가 필요합니다.

'마약'이라고 하니 놀라실 수도 있는데, 이제 몇 개월 안 남은 삶을 편안하게 가는 데는 이 약이 최고라고 합니다. 중독을 걱정하는 분이 있는데, 얼마 안 남은 삶에 중독이 무슨 의미가 있겠습니까? 어차피 건강을 되찾지 못하고 임종하게 될 터인데 말이지요. 어떤 의사의 말을 들어보니, 말기 질환 환자의 가족들 가운데 모르핀을 맞으면 중독된다고 생각해서 모르핀 처방을 거절하는 경우도 있다더군요. 하지만 그건 환자의 고통을 잘 모르는 처사라고 합니다. 그 상태에서는 중독을 걱정할 게 아니라 고통을 잡는 게 가장 중요한 일이라는 거지요.

그런데 우리나라 의사들은 적지 않은 경우에 이 진통제를 소극적으로 처방한다고 알려져 있습니다. 여기에는 여러 이유가 있다고 합니다. 모르핀과 같은 것은 마약이기 때문에 당국의 관리 대상입니다. 그래서 마약관리대장을 정확하게 써야 하는데, 종종 대장의 숫자와 재고가 다른 경우가 있답니다. 그러면 당사자인 의사가 처벌을 받기 때문에, 의사들도 모르핀을 쓰는 데 조심할 수밖에 없다는 거지요. 또 일일이 마약관리대장에 기입하기도 귀찮으니까 모르핀 처방을 주저한다는 겁니다.

현행 건강보험제도를 보면 모르핀 같은 마약 처방을 제한적으로만 허용하고 있는데, 이것도 문제라고 합니다. 마약 사용이 이렇게 많은 규제를 받고 있으니 마음 놓고 모르핀을 처방하지 못하는 것이지요. 또 의사들도 말기 질환 환자의 통증을 어떻게 완화시킬까에 대한 교육이 많이 부족한 형편이라고 합니다.

이런 여러 가지 사정이 겹쳐 말기 질환 환자의 통증 완화를 위한 치료가 잘 안 되고 있습니다. 따라서 만일 환자가 진통제가 부족해 아파하면 의사에게 진통제를 더 써달라고 강력하게 요구해야 합니다. 이 고통 문제는 아주 중요하니, 꼭 유념하시기 바랍니다. 환자의 가족들도 이런 의료계의 현실을 알아야 현명하게 대처할 수 있습니다.

마지막에는 호스피스 의료를

의사는 환자들을 위해 호스피스 의료(혹은 완화 의료)를 권할 수 있습니다. 호스피스 병동은 환자가 마지막에 가는 곳입니다. 그런데 간혹 말기 질환 환자 가운데 이곳을 추천하면 화를 내는 분이 있다고 합니다. "나를 죽는 곳에 보낸다는 말인가?"라고 하면서 말입니다. '치료를 제대로 해보지도 않고 왜 나를 죽는 곳으로 보내느냐'는 것이지요. 이것은 호스피스 의료에 대해 부정적으로 생각하기 때문입니다. 어쩌면 호스피스 의료가 무엇인지도 모르는 채 자신의 선입견만 말하는 것인지도 모르지요.

사실 호스피스 병동에는 훌륭한 의료진이 있어 아주 좋은 서비스를 제공하고 있습니다. 특히 그곳에 있는 간호사들은 훈련을 많이 받은 최고의 '베테랑'들입니다. 마지막 임종 환자를 전문적으로 돌보는 분들이라 마음 놓고 의지할 수 있습니다. 이곳에는 의료진만 있는 것이 아닙니다. 사회복지사나 상담가도 있고 자원봉사자도 있습니다. 이런 분들이 한 팀이 되어 임종 환자를 정성껏 돌봐줍니다. 다른 곳에서는 이런 돌봄을 받을 수 없습니다.

호스피스 의료는 꼭 병동에서만 받는 것은 아닙니다.

다른 방법도 있습니다. 통원하면서 치료를 받을 수도 있고 집에서도 치료를 받을 수 있습니다. 이런 여러 가지 방법 가운데 자신에게 가장 적합한 것을 골라 적절한 치료를 받으시기 바랍니다.

조금 더 부연해서 설명하면, 호스피스 병동은 죽으러 가는 곳이 아니라 새로운 출발을 위해 준비하러 가는 곳으로 이해하면 좋겠습니다. 비유하자면 흡사 터미널이나 공항 같다고나 할까요. 우리는 멀리 여행을 갈 때 공항으로 갑니다. 공항에서 모든 준비를 마치면 우리는 비행기를 타고 새로운 세계로 떠나지요. 호스피스 병동도 이와 비슷하다고 할 수 있습니다. 호스피스 병동에서 우리는 얼마 남지 않은 이승에서의 생을 잘 마무리할 수 있습니다. 그러다 마침내 육신을 벗으면 영체가 되어 자유로운 세계로 가게 되지요.

그런데 지금 문제는 우리나라에 호스피스 병동이 너무 부족하다는 것입니다. 호스피스 병동을 갖춘 종합병원이 10개 내외에 불과하다고 합니다. 조사에 따르면, 한국인에게 필요한 호스피스 병상은 2,500개 정도라고 하는데, 지금 운용되고 있는 병상은 900개가 좀 안 되는 모양입니다. 이 병상을 하루빨리 늘려야 하는데, 호스피스 의료가 수익성이 별로 좋지 않아서 그런지, 그 수가 잘 늘지 않고 있습니다. 그래도 다행인 것은, 최근 건강보험 급여에 호스피스 서비스가 포함되었다는 사실입니다. 그러나 한국인들이 충분한 호스피스 의료를 누리기에는 아직도 많은 문제가 있습니다.

마지막으로 의사가 환자를 대할 때 고려해야 할 것을 한 가지만 더 이야기해보겠습니다. 이것은 매우 예민한 문제입니다. 말기 질환 상태에는 의료 문제와 관련해 결정할 사안이 많습니다. 그렇지 않겠습니까. 치료를 어디까지 받을지, 혹은 어떤 검사를 받을지와 같은 문제에 대해 일일이 결정해야 합니다.

그런데 사실 말기 질환 상태의 환자는 주로 노인들입니다. 그들 중에는 부부만 있는 경우도 꽤 많습니다. 자식을 많이 낳지도 않았고, 그나마 있는 자식도 외국에 나가 있으면 부부만 있게 되는 것이지요. 그래도 부부가 같이 있는 경우는 괜찮습니다. 서로 상의하면서 결정하면 되니까요. 그러나 혼자 있는 경우는 어떻게 할까요? 배우자 가운데 한 사람이 먼저 타계하면 혼자만 남게 됩니다. 이 경우는 여성일 확률이 높습니다. 우리나라 여성은 남성보다 평균적으로 7년을 더 산다고 합니다. 남편 수발 다 들어서 보내주고 본인은 고령이 되어 혼자 7년을 더 살아야 한다는 이야기입니다.

말기 질환 상태에서는 결정해야 할 일이 많을 뿐만 아니라 그 사안들이 다 위중합니다. 그래서 혼자 결정하기가 매우 힘듭니다. 더군다나 당사자는 고령이라 제대로 된 판단을 하기도 어렵습니다. 따라서 의사가 이런 환자를 대할 때는 일반 환자들과는 확연하게 다른 태도를 취해야 합니다. 판단력이 흐린 노인들이 올바른 결정을 내릴 수 있도록 아주 세심하게 신경을 써야 한다는 겁니다.

가족들은 임종 간호를 어떻게 해야 할까?

환자의 불안을 최소로

임종 간호에서 가족들의 역할은 그 중요성을 아무리 강조해도 지나치지 않을 것입니다. 말기 질환 환자가 가족들 없이 임종을 맞는 것은 거의 불가능한 일입니다. 그 과정이 너무 외롭고 절차가 복잡해서 혼자 감당하기가 어렵기 때문입니다. 이때 가족들이 해야 할 가장 중요한 일 가운데 하나는, 당사자에게 '우리는 당신이 임종할 때까지 계속해서 곁에 있을 것'이라고 되뇌어주는 것입니다. 한두 번만 이야기하는 것이 아니라 계속해서 확인시켜주어야 합니다. 그래야 당사자가 안심을 하고 고독을 덜 느끼게 됩니다.

임종이 가까워오면 누구나 불안하고 고독감을 더 크게 느낍니다. 이제 나는 곧 사랑하는 가족들을 떠나야 하는데, 도대체 나는 죽은 다음에 아예 없어지는 것인지, 아니면 혼이 남아서 저승이라는 데를 가는 것인지…… 아는 바가 전혀 없습니다. 또 처음 가는 이 길을 혼자 가야 하니 두렵고 고독하기 짝이 없습니다. 모든 게 불확실하고 불안합니다.

게다가 몸이 아주 약해져 있기 때문에 마음 역시 매우 약합니다. 이럴 때는 가족들이 의지처가 되어주는 수밖에 없습니다. '우리가 당신과 끝까지 같이 있을 것이고, 당신이 세상을 떠난 후에도 제사나 추모제를 통해 잊지 않고 기억하겠다'고 다짐해주어야 합니다. 자신이 죽은 다음에도 자신을 기억해주는 가족이 있다는 것은 당사자에게 아주 큰 위안이 될 것입니다. 그런 가족이 있으니 기꺼이 이승을 떠날 수 있다는 생각도 들 겁니다.

가족들은 또 환자가 세속적인 것에 신경을 쓰지 않도록 노력해야 합니다. 환자가 오로지 자신의 생을 잘 정리하고 홀가분한 마음으로 이승을 떠날 수 있게끔 도와줘야 합니다. 예를 들어, 당사자 앞에서 가족 간의 분쟁이나 다툼은 삼가야겠지요. 특히 아버지나 어머니를 앞에 두고 형제자매들이 유산 문제로 싸우는 것은 극력 피해야 합니다. 그런 갈등은 환자를 몹시 우울하게 만들어, 이 세상을 떠날 때 마음을 아주 무겁게 합니다. 이것은 큰 불효입니다. 절대로 그런 일이 있어서는 안 되겠습니다.

또 환자를 자극하는 표현은 지나가는 말이라도 해서는 안 됩니다. 따지는 것처럼 환자를 대해서도 안 됩니다. 대신 당사자와 좋았던 추억에 대해 이야기하십시오. 같이 여행 가서 즐거웠던 일이나 지금까지 살아오면서 함께 기뻐했던 순간에 대해 추억하는 것이 좋습니다.

환자에게 스트레스 주지 않기

이때 주의해야 할 일이 하나 더 있습니다. 이것은 어떤 책에도 나오지 않지만, 제가 양친을 보내면서 숱하게 겪은 일입니다. 환자는 여러 사람의 문안을 받습니다. 하지만 병이 위중한 상태라 정신이 오락가락합니다. 확실한 의식이 없을 수도 있다는 것이지요. 어떤 때는 사람을 알아보다 어떤 때는 몰라보는 일이 반복됩니다. 이런 상황에서 문병 온 사람들이 가장 많이 하는 질문이 있습니다. 바로 "○○님, 제가 누군지 아세요?"라고 묻는 겁니다. 환자에게 이런 질문을 하는 것에 대해 아무도 이의를 제기하지 않습니다. 그런데 한번 당사자의 입장이 되어 생각해보십시오. 어떻겠습니까?

질문을 하는 사람은 처음 하는 것이지만, 환자는 새로운 사람이 올 때마다 같은 질문을 받습니다. 그래서 이 질문을 받을 때마다 짜증이 나고 피곤합니다. 하루에도 몇 번씩 같은 질문을 받는지 모릅니다. 제 선친이 병상에서 임종을 기다릴 때 이 질문을 너무 많이 받아 짜증을 내던 것이 기억납니다. 나중에는 귀찮으니까 아예 대답을 안 하시더군요.

그렇다면 우리는 어떻게 해야 할까요? 간단합니다. 병문안 갔을 때는 무조건 이런 질문을 하지 마십시오. 대신 먼저 자기가 누구라고 밝히시기 바랍니다. 자기 이름을 말하면서 인사를 하면 되는 것입니다. 예를 들어 "아버님, 제가 누군지 아세요?"라고 묻지 말고, "아버님, 저 둘째며느리 ○○입니다"라고 말하는 겁니다. 그게 병환 중인 어른을 위하는 길입니다.

환자 주변을 깨끗이 유지하고 음악 틀어주기

이외에도 할 일이 많습니다. 환자의 몸을 청결하게 해드리는 것이나, 주변을 깨끗이 유지하는 것은 당연한 일이겠지요. 그래야 환자의 마음이 편안해질 겁니다. 병상 주변이 지저분하면 그곳에 있는 사람의 마음도 산란해질 수 있습니다.

병상 주변을 편안하게 유지하는 데는 여러 가지 방법이 있을 것입니다. 환자가 불교 신자라면 좋은 향을 피우는 것도 한 가지 방법입니다. 향을 피우면 흡사 절에 있는 것 같아 마음이 안정되겠지요. 물론 여러 명이 함께 있는 병실이라면 이런 일은 불가능합니다. 환자의 마음을 평안하게 하기 위해 《법구경》 같은 경전을 읽어드리는 것도 좋습니다. 경전 속에 특히 인간의 죽음과 관계되는 구절이 있으면 그것을 읽어드리는 게 좋습니다. 또는 조용히 염불을 해드려도 좋겠지요.

환자가 기독교 신자라면 《성경》에서 당사자가 좋아하던 구절을 찾아 계속해서 읽어줍니다. 또 같이 기도를 해도 좋겠지요. 혹은 주기도문이나 사도신경 같은 것을 같이 외울 수도 있습니다. 만일 종교가 없는 사람이라면 그가 이전에 가장 감명 깊게 읽은 책을 읽어줍니다. 이처럼 당사자의 마음을 편안하게 해줄 수 있는 일은 다 해보는 게 좋습니다.

또 한 가지, 음악을 틀어주는 것도 좋은 방법입니다. 앞에서도 잠깐 언급했지만, 청각은 우리가 끝까지 갖고 가는 감각입니다. 그러니까 숨이 붙어 있는 한 들을 수 있다는 것이지요. 말기 질환 환자에게 음악을 틀어주면 많은 위안이 된다고 합니다. 그렇다면 어떤 음악을 틀어주는 게 좋을까요? 저는 강의할 때마다 이 질문을 던지곤 합니다. 독자 여러분은 임종할 때 어떤 음악을 가장 듣고 싶습니까? 물론 종교를 가진 분들은 그 종교의 음악을 들으면 제일 좋겠지요. 일생 교회를 다닌 분은 찬송가를 들으면 마음이 편안할 겁니다. 불교도라면 염불하는 소리가 가장 편안하겠지요.

종교가 없는 분들에게는 어떤 음악이 좋을까요? 물론 정답은 없겠지만, 가장 가까운 답을 찾으라면, 저는 동요를 선택하겠습니다. 어릴 때 듣던 노래가 우리의 마음을 푸근하게 해주지 않습니까? 예를 들어 〈고향의 봄〉 같은 노래는 언제 들어도 마음이 편안하고 아련해집니다. 누구나 이런 마음속의 노래를 갖고 있을 겁니다. 환자가 평소에 좋아하던 노래나 음악을 잘 기억했다가 틀어주면 마음의 평안을 유지하는 데 도움이 될 것입니다.

그런데 음악이 아무리 좋아도 계속해서 틀어놓는 것은 좋지 않습니다. 싫증이 날 수 있으니까요. 그러니 한 시간 정도 틀어주고 충분히 쉰 다음, 음악의 종류를 바꿔서 또 한 시간 틀어주는 식으로 하는 게 좋을 것 같습니다.

말기 질환 환자들이 음악을 듣고 큰 위안을 얻었다는 실례가 있습니다. 근사체험을 세상에 처음으로 알린 레이먼드 무디Raymond Moody의 책에, 죽었다 살아난 어떤 할머니가 자신이 의식불명 상태일 때 들은 음악이 큰 위안이 되었다고 자식들에게 말했다는 일화가 나옵니다.

그리고 부탁하건대, 이런 음악을 틀어놓았을 때 계속해서 환자의 손을 만지면서 '고맙다', '사랑한다', '미안하다'고 말해주십시오. 환자의 의식이 왔다 갔다 하거나 혹은 아예 불명 상태일지라도 환자는 그것을 다 듣고 느끼고 있으니 계속해서 이렇게 말해주는 것이 좋습니다. 이런 이야기가 당사자에게 엄청난 위안이 됩니다.

마지막 순간에 심폐소생술은 NO

그러다 정말로 임종의 순간이 다가옵니다. 이때가 중요합니다. 환자의 상태가 심상치 않습니다. 다 그런 것은 아니지만 대부분 숨을 몰아쉬고 호흡을 모읍니다. 그러면 정말로 마지막이 된 것입니다. 이럴 때 경황이 없는 우리는 의료진을 불러 응급조치를 해달라고 조릅니다. 이런 경우를 처음 당한 가족들은 너무 놀란 나머지 의사에게 환자를 무조건 살려내라고 매달립니다.

이때 의료진이 가장 많이 하는 시술이 무엇이겠습니까? 바로 심폐소생술입니다. 의사가 가족들의 간절한 요청을 받아들여 이 시술을 했다고 합시다. 그렇게 해서 환자를 다시 살려낼 수 있는 시간이 얼마나 되는지 아십니까? 겨우 20~30분이랍니다. 말기 질환으로 오랫동안 투병하느라 환자의 몸이 이미 기능을 거의 상실했기 때문에, 어떤 기계도 그를 다시 살려낼 수는 없는 것입니다.

게다가 이 기계의 부작용이 대단하더군요. TV에서 코미디언들이 가끔 웃기느라고 다리미를 가지고 심폐소생술을 흉내 내는 것을 볼 수 있습니다. 한 사람이 다른 사람의 가슴에 다리미를 가져다대고 전기충격을 주는 시늉을 하면 가슴을 펄쩍 들면서 웃기는 동작을 하지요. 그런데 이런 일은 해서는 안 됩니다. 이 기계의 부작용을 안다면 코미디언들이 방송에서 이런 희화적인 동작을 하지는 못할 겁니다.

이 기계는 환자의 상태가 아주 위중할 때만 쓰는 것입니다. 아무 때나 써서는 안 됩니다. 그 충격이 엄청나서 한번 사용하면 갈비뼈가 다 금이 가거나 부러진다고 합니다. 그래도 이 시술을 하는 것은 생명을 살릴 수 있기 때문입니다. 살아만 난다면 손상된 갈비뼈는 어렵지 않게 고칠 수 있으니 크게 문제 되는 것은 아닙니다. 그러나 임종 환자의 경우 살려내서 생존할 수 있는 시간이 극히 짧습니다. 게다가 이 시술을 하다 자칫 잘못하면 전기가 뇌로 흘러갈 수 있다고 합니다. 뇌는 한번 손상되면 복구가 안 되지 않습니까. 그러니 이 기계를 사용할 때는 정말 신중하게 결정해야 합니다.

존엄한 죽음을 맞이하기 위해서는 임종실이 필요하다

우리는 대부분 돈이 많지 않습니다. 그래서 임종도 6인실 같은 저렴한 병실에서 맞이하는 경우가 많습니다. 여섯 명이 같이 쓰는 데다 가족들까지 있어 매우 협소합니다. 그런데 그중에 한 환자가 임종에 임박해 숨을 몰아쉽니다. 그 가족들이 깜짝 놀라 의사를 불러 환자를 살려내달라고 조릅니다. 그때 할 수 있는 시술은 방금 이야기한 심폐소생술뿐입니다. 의사가 곧 그 시술을 행해 환자는 살아났지만, 20~30분 뒤에 결국 운명하고 맙니다.

그런데 진짜 문제는 그다음입니다. 이 병실은 여러 명이 같이 쓰기 때문에 다른 환자나 가족들이 이 소생술이 진행되는 것을 보게 됩니다. 직접 볼 수는 없다고 해도 적어도 소리는 들을 수 있습니다. 들을 수 있는 정도가 아니라 듣고 싶지 않아도 바로 옆에서 벌어지고 있으니 아주 잘 들

럽니다. 이때 이 광경을 옆에서 목도한 다른 환자나 가족들은 거의 패닉 상태에 빠진다고 하더군요. 시술 장면이 그만큼 충격적이기 때문입니다. 이분들이 받은 충격을 어떻게 하면 좋을까요? 문제는 여기서 끝나지 않습니다.

어쨌든 이렇게 되어 환자가 운명했습니다. 그다음 상황은 어떻게 진행되겠습니까? 시신을 바로 옮겨가는 경우도 있지만, 병원 사정으로 한참을 놓아두었다가 늦게 옮기는 경우도 종종 있다고 합니다. 그럴 때 다른 환자나 그 가족들은 기분이 어떻겠습니까? 사람이 죽었으니 뭐라고 불평할 수는 없지만 기분은 찜찜할 겁니다. 시신과 한방에 같이 있는 것이 그다지 유쾌한 경험은 아닐 테니까요.

다른 환자나 가족들의 기분을 상하게 하는 일은 계속 이어집니다. 고인의 가족들이 오열하는 것을 다 듣고 있어야 하니까요. 고인이 황망하게 갔으니 유족들이 마구 소리를 지르면서 울부짖을 텐데, 그게 얼마나 듣기 거북하겠습니까? 그런데 이런 일이 새벽에 한창 자는데 일어났다고 생각해보십시오. 아닌 밤중에 날벼락을 맞은 것 같지 않겠습니까. 하지만 상을 당한 가족에게 불만을 이야기할 수도 없습니다. 게다가 다 아는 사이일 테니 더더

죽음은 정신과 몸이 성성할 때부터 준비해야지

닥쳐서 생각하면 안 됩니다.

자신의 삶을 제대로 정리하고 유종의 미를 거둬야

삶의 과정 전체가 좋아집니다.

욱 그냥 참는 것 외에는 다른 방법이 없지요.

바로 이런 상황이 종종 벌어지기 때문에, 임종실(또는 영면실)이 필요하다고 주장하는 것입니다. 임종실이란 환자의 임종이 임박했을 때 환자와 가족들이 들어가서 죽음을 준비하는 방을 말합니다. 다른 환자나 가족이 없는 방에 들어가 임종을 맞이하는 것이지요. 이렇게 해당 가족들만 있으면 다른 환자나 그 가족들에게 폐를 끼칠 일이 없습니다. 그곳에서 환자와 가족들이 충분히 대화하면서 마지막 돌봄과 치료를 하면 됩니다. 여기서는 마음대로 종교 의례를 할 수도 있습니다. 소리 내 기도도 할 수 있고 염불을 욀 수도 있으며, 성가를 불러도 됩니다.

문제는 우리나라 종합병원에는 이런 방을 갖춘 곳이 별로 없다는 것입니다. 이유는 간단합니다. 이런 방은 보험이 적용되지 않기 때문입니다. 이런 현실이 하도 이상해서 서울대병원에 근무하는 지인에게 그쪽 사정을 물어보았습니다. 그랬더니 각종 암을 다루는 혈액종양내과가 있는 12층에 비슷한 방이 있다고 하더군요. 실제로 임종실을 만들어놓은 것은 아니고, 1인실을 사정에 따라 임종실로 쓴다는 것이었습니다. 그러니까 임종이 임박한 환자가 있으면 이 1인실로 안내해서 임종을 맞게 해준다는 것입니다.

그래서 제가 "그럼 다른 층에서 죽는 환자는 12층 임종실에 못 들어가는 것이냐?"고 물었더니, 그렇다고 하더군요. 이것은 웃기는 일 아닙니까? 12층에 있는 환자만 임종실을 이용할 수 있다니 말입니다. 무언가 크게 잘못되었다는 생각이 들었습니다. 그리고 또 1인실은 보험 적용이 안 되고 비싼 방이라 일반 서민들은 잘 들어갈 수 없지 않습니까? 지금 우리나라의 사정이 이렇습니다. 임종을 앞둔 환자들과 그 가족들에 대한 배려가 이렇게나 부족한 실정입니다.

사실 죽음은 슬퍼할 일이 아니다, 죽음은 해방과 같은 것

말기 질환 상태로 고생하던 환자가 드디어 죽었습니다. 사실 저는 이 '죽는다'는 말을 좋아하지 않습니다. 단절되는 느낌이 강하기 때문입니다. '죽으면' 정말로 아무것도 안 남고 모두 끝날 것 같습니다. '죽는다' 대신 저는 '몸을 벗는다'는 표현을 좋아합니다. 우리가 말하는 죽음은 단지 몸을 벗는 것에 불과하다는 것이지요. 이때 말하는 '몸'

은 물론 육체적인 몸입니다. 우리의 몸이 너무 낡아서 더 이상 우리의 영혼 혹은 의식(어떤 단어를 쓰든 관계없습니다)을 담을 수 없게 되면 우리의 영혼은 자동적으로 몸을 빠져나갑니다. 그리고 영혼으로서 새로운 삶을 시작합니다. (이렇게 새로 시작하는 삶에 대해서는 졸저 《한국 사자死者의 서》에서 상세하게 다뤘습니다.)

이런 시각에서 보면 이른바 '죽음'이란 그리 슬퍼할 일이 아닙니다. 이 힘든 지상에서의 삶을 성공적으로(?) 마치고 가는 것이니 졸업식과 같은 것이라고 하겠습니다. 아니, 더 긍정적으로 본다면, 많은 면에서 제약으로 작용했던 이 육체를 벗어나 상대적으로 자유로운 영혼이 되는 것이니, 축하해야 할 일일 수도 있습니다. 이 지상에서 살면서 얼마나 수고가 많았습니까? 이 육체를 유지하느라 매일 음식을 만들어 먹고 그것을 소화시키고 마지막에는 또 배설해야 합니다. 게다가 운동도 부지런히 하는 등 건강에 여간 신경을 써야 하는 것이 아닙니다. 병이라도 나면 너무나 고통스럽기 때문에 많은 주의를 기울여야 합니다. 이런 몸을 떠나는 것이니, 죽음은 속박에서 해방되는 것이라 할 수 있습니다.

그런 까닭에 많은 선지자들은 죽음이야말로 신이 내린 가장 큰 축복이자 선물이라 했고, 아주 달콤한 경험이라고 주장해왔습니다. 근사체험자들은 한결같이 육체에서 벗어난 직후 지상에서는 결코 느끼지 못했던 평안함을 경험했다고 증언합니다. 엄청난 해방의 기운을 느꼈다는 것입니다.

우리는 이 육체에 너무도 잘 적응되어 있어 육체를 벗었을 때 얼마나 좋을지 상상하기 어렵습니다. 그래서 비유를 통해 전달할 수밖에 없습니다. 저는 이것을 육중한 잠수복을 입고 물속에서 돌아다니다 다시 배로 올라와 그 잠수복을 벗었을 때 느끼는 해방감 혹은 자유로움에 비유하곤 합니다. 그렇지 않겠습니까? 이때 느끼는 개운함이 얼마나 크겠습니까?

이렇듯 죽는 순간은 전혀 무섭지 않을 뿐만 아니라 상상할 수 없을 만큼 최고의 기분을 느낄 수 있는 축복의 순간일 수 있습니다.

고인을 보낼 때 울부짖지 말자
만일 이 사실을 확실하게 안다면 부모님 혹은 배우자가

타계할 때 그렇게 슬퍼할 필요가 없을 것입니다. 그런데 우리는 대부분 이런 사실을 잘 모릅니다. 죽으면 다 끝나는 줄 알지요. 그러니 몇십 년 동안 우리를 돌봐준 부모님이 떠나는 것이 말로 다 할 수 없을 만큼 슬픕니다.

그렇게도 사랑하던 엄마가 세상을 떠납니다. 이렇게 가시면 이제 엄마를 다시 못 본다는 생각에 두렵고 슬프기 짝이 없습니다. 그래서 울부짖으면서 이렇게 마구 소리를 지릅니다. "엄마, 가지 마세요. 저희를 두고 어딜 가세요. 제발 정신을 차리세요." 슬픔이 북받쳐오르면 어머니의 몸을 붙잡고 흔들기까지 합니다. 생전에 하던 것처럼 말이지요.

우리가 사랑하는 사람의 죽음 앞에서 취하는 이런 태도에 대해 선지자들은 의견이 조금 다릅니다. 그런 행동을 하지 않는 것이 오히려 가시는 분을 위하는 일이라는 것입니다. 이유는 간단합니다. 가족들이 이렇게 울부짖으면서 슬퍼하면 고인이 편하게 몸을 떠날 수 없기 때문입니다. 충분히 이해가 되는 이야기입니다. 몸을 떠나는 초유初有의 일을 하는데 옆이 소란스러우면 좋을 게 없지 않겠습니까?

선지자들에 따르면, 우리가 임종을 맞아 몸을 떠날 때 가지고 있던 마음의 상태가 영계에서 갖는 첫 번째 마음 상태라고 합니다. 이 견해를 받아들인다면, 우리가 영계에서 새롭게 시작하려면 이승에서의 마지막 마음 상태가 좋아야 합니다. 그런데 주변이 이렇게 혼란스럽다면 떠나면서 좋은 마음을 갖기가 힘들지 않겠습니까? 또 떠나는 자신도 미련이 생겨 쉽게 몸을 벗지 못할 수도 있습니다. 자식들이 이렇게 슬퍼하면 그 걱정 때문에 몸을 벗는 일이 주저될 수도 있지요. 우리는 자연에 순응해야 합니다. 갈 때가 되면 가는 것이 정답입니다. 그러니 이처럼 고인 옆에서 울고불고하는 것은 여러모로 좋지 않습니다.

앞에서 언급한 레이먼드 무디의 책을 보니, 이런 상황에서는 기도하는 것도 고인이 몸을 빠져나가는 작업에 방해가 된다고 합니다. 그러니까 소리치거나 울부짖지 않고 기도만 해도 방해가 된다는 것입니다. 예를 들어 "주여, 우리 어머니가 세상을 떠나지 않게 해주십시오" 같은 기도도 영향을 미친다는 얘기지요.

근사체험을 한 한 할머니는 그 직후에 자식들에게 이런 이야기를 했다고 합니다. 자신이 죽을 때, 다시 말해 영혼이 몸을 빠져나갈 때 자식들이 기도를 너무 강력하게 해서 나가기가 힘들었다는 겁니다. 그러니 다음에 죽을 때는 "어머니, 가지 마세요. 어서 다시 돌아오세요" 혹은 "하느님, 우리 어머니를 돌려주세요" 등의 기도를 하지 말라고 당부를 했답니다. 두 번째에는 편하게 몸을 벗어나고 싶다는 이야기였겠지요.

여러분은 이런 이야기가 믿겨지십니까? 아니, 어떻게 기도를 했다고 영혼이 몸을 빠져나갈 때 저항을 느낀단 말입니까? 영혼이 있다는 것도 인정하기 힘든데, 기도가 영혼의 길을 막는다는 건 더 믿기 힘들 겁니다. 영혼에 대해서는 앞에서 언급한 저의 다른 책에서 상세히 다뤘으니 그것을 참조해주시기 바랍니다. 여기서는 다만 영혼을 일종의 '에너지체'라고만 정의하겠습니다. 영혼을 이렇게 정의하면 앞의 이야기를 이해할 수 있을 겁니다.

기도가 무엇입니까? 기도는 일종의 생각입니다. 우리가 어떤 생각을 하든, 모든 생각은 일정한 파동을 지닌 에너지를 갖습니다. 이 에너지는 물질을 움직이기에는 많이 부족합니다. 그 힘이 너무 약하지요. 그래서 생각으로 아무리 물건을 옮기려 해도 되지 않는 것입니다. 그러나 영혼은 생각과 같은 수준의 에너지로 되어 있습니다. 따라서 기도라는 생각 에너지를 보내면 영혼이 그 영향을 받을 수 있는 것이지요. 그런데 부모의 임종 침상에서 하는 자녀의 기도는 얼마나 에너지가 강하겠습니까? 온 힘을 다해서 기도를 하니 에너지가 상당하겠지요. 그런데 그 기도의 내용이 떠나는 영혼을 잡는 것이라면 영혼이 기도의 염력念力에 잡혀서 가는 길이 순탄하지 않을 수도 있지 않을까요?

소태산 박중빈 선생이 권하는 임종 태도

이런 상황에 대해 원불교를 창시한 소태산 박중빈(少太山 朴重彬, 1891~1943) 선생은 아주 실제적인 가르침을 제시하고 있습니다. 소태산은 인간의 죽음과 환생 문제에 관심이 많아서 그와 관련해 좋은 말씀을 많이 남겼습니다. 그 말씀들은 고스란히 《원불교교전》에 나와 있습니다. 《원불교교전》은 두 장(인과품과 천도품)을 할애해, 인간의 죽음을 맞이하여 본인과 가족들이 어떻게 대처해야 하는지에 대해, 그리고 인과론에 따른 인간의 환생에 대해 아주 상세하게 다루고 있습니다. 종교 경전 가운데 《원불교교전》만큼 인간의 죽음 문제를 정식으로 다루고, 그것을 알기 쉽게 정리한 것은 일찍이 보지 못했습니다. 독자 여러분 가운데 불교나 원불교가 가르치고 있는 죽음관과 환생(윤회)관에 대해 알고 싶은 분은 이 경전을 한번 읽어보시기 바랍니다.

지금 우리는 인간이 몸을 벗으려 할 때 과연 어떻게 해야 하는지에 대해 살펴보고 있는데요. 이런 상황에 대해 소태산은 아주 구체적인 행동지침을 제시했습니다. 그는 임종자가 마지막 순간에 몸을 벗으려고 호흡을 모을 때 하지 말아야 할 것에 대해 이렇게 말합니다. 절대로 당사자의 이름을 부르면서 울부짖지 말고, 또 몸을 잡고 흔들지 말라는 것입니다. 그렇게 혼잡을 떨면 몸을 나가는 '영식靈識'이 정신이 없어 제 갈 길을 제대로 가지 못하기 때문입니다. 소태산은 인간의 영혼을 영식이라고 부릅니다. 즉, '의식을 할 수 있는 영'이라는 뜻이지요.

그다음의 조언이 더 마음에 와닿습니다. 임종자를 보내면서 슬픔이 북받쳐 정 참을 수 없더라도 그가 사망하고 몇 시간이 지난 다음에 울라는 것입니다. 소태산이 이렇게 말하는 배경에는 다음과 같은 생각이 담겨 있을 겁니다. 우리의 영혼은 몸을 떠나면 영계에서 자신이 머물러야 할 곳으로 향해야 합니다. 그 세계는 우리에게는 완전히 새로운 세계라 적응하는 데 다소 시간이 걸립니다. 우리는 이제 이승과는 인연이 다했으니 어서 빨리 저승에 적응해야 합니다. 그런데 이승에 남은 자식들이 가지 말라고 마구 울부짖으면 집착이 생겨 차마 가야 할 길을 떠나지 못할 수 있습니다. 그러니 떠나는 혼을 붙잡지 말아야 합니다. 그리고 영계에 도착하고 나서도 그곳에 적응하는 데 시간이 걸리니 그때까지는 울지 말고 참으라는 것입니다. 영계에서는 이 지상에서 하는 일이 다 보이니 자식들이 슬피 울면 지상에 집착하느라 저승에 적응하는 데 곤란을 겪을 수 있습니다.

이 얼마나 사려 깊은 배려입니까. 가신 분의 새로운 출발까지 생각하니 말입니다. 전 세계 종교 경전 가운데 이렇듯 소상하게 이승에 있는 사람과 저승으로 간 사람을 배려해서 조언을 해주는 경전은 없을 겁니다.

저는 조문을 가게 되면 상주에게 꼭 임종 시 고인이 편안하게 가셨느냐고 묻습니다. 이 질문은 고인이 이승에서의 마지막 과정을 잘 마쳤는가 묻는 것입니다. 언젠가 한

번은 친한 친구의 어머니상에 가서 같은 질문을 했습니다. 그랬더니 제 친구가 하는 말이, 어머니가 굉장히 힘들게 임종을 하셨다고 하더군요. 이승에 집착을 많이 하셔서 끝까지 몸 벗는 것에 대해 저항을 하셨다는 겁니다. 그래서 안타깝다는 말로 위로만 했는데, 만일 제 친구가 지금 이 지식을 갖고 있었다면 모친을 편하게 보내드렸을 거라는 생각이 듭니다.

이와 반대되는 경우도 있습니다. 원불교의 어떤 교무에게서 들은 이야기입니다(원불교에서는 성직자를 '교무'라고 부릅니다). 이분이 부친의 임종을 지켜보고 있었는데, 부친 역시 이승을 떠나지 않으려고 저항을 많이 했답니다. 자식들의 손을 붙잡고 가기 싫다고 떼를 쓰신 모양이더군요. 그런데 이 교무는 《원불교교전》을 잘 알고 있던 터라 곧 대처를 했습니다. 부친에게 "아버지, 여기는 걱정 마시고 저 위쪽을 보세요. 거기 밝은 빛이 보이시지요? 아무 걱정 마시고 그 빛을 그냥 따라가세요"라고 하면서 어서 이승을 떠나시라고 간곡하게 말했답니다. 그랬더니 아버지가 그제야 꼭 쥔 손을 놓고 편안한 얼굴로 몸을 벗으셨다는 겁니다.

이 빛에 대해서는 뒤에서 다시 이야기를 할 텐데, 아주 간단하게만 설명하면 저승으로 가는 문 역할을 합니다. 이 빛을 따라가면 영계에 들어갈 수 있지요. 이 교무는 인간의 임종에 대해 기본 지식이 있었기 때문에 본인의 아버지를 편안하게 보내드릴 수 있었습니다. 이처럼 인간의 죽음과 임종에 관한 지식이 우리의 삶을 더 평온하고 의미 있게 만든다는 것을 잊지 마시기 바랍니다.

다시 한 번 정리하면, 임종이 임박했을 때 옆에 있는 가족들은 절대로 임종자를 혼란스럽게 하지 말아야 합니다. 편안하게 이승을 떠날 수 있는 환경을 만들어드려야 합니다. 그리고 정말 마지막 순간이 되어 편안하게 가시면 문제가 없지만, 만일 힘들어하시면 "저 위에 환한 빛이 보이시지요? 그 빛을 따라가세요. 저희도 나중에 따라갈 겁니다. 그러니 아무 걱정 말고 편안히 가세요. 우리는 다시 만날 겁니다"라고 하면서 좋은 마음으로 보내드려야 합니다. 그러면 십중팔구 편안한 임종을 맞이하실 겁니다.

어떤 연로한 의사분이 그러시더군요. 자신은 임종 환자를 많이 보아왔는데, 임종 직후의 얼굴을 보면 그 환자가 일생을 어떻게 살았는지 알 수 있다고요. 평생을 착하게 남을 위해 산 분들은 얼굴이 그렇게 평안할 수 없다는 겁니다. 어떤 분은 임종을 맞을 때 얼굴에 흡사 보톡스 주사를 맞은 것처럼 주름이 펴지고 편안해진다고 합니다. 아마 착하게 산 분들에게 해당되는 이야기겠지요. 반면 욕심만 좇으면서 산 사람들은 얼굴이 편안하지 못하다고 합니다. 마지막까지 이승의 삶에 집착했을 테니까요. 그러니 잘 죽으려면 잘 살아야 한다는 상식적인 생각으로 돌아가게 됩니다.

환자 본인은 자신의 임종에 어떻게 대처해야 할까?

지금까지 우리는 말기 질환 환자의 임종 시 의료진과 가족들이 해야 할 일에 대해 살펴보았습니다. 이제는 환자 본인이 자신의 임종을 어떻게 맞이해야 하는지에 대해서 알아보겠습니다. 앞에서 말기 질환 상태에 들어가기 전이나 그 후에 유언장과 사전연명의료의향서를 써야 한다는 이야기는 했습니다. 여기서는 그것을 제외하고 우리가 해야 할 다른 준비에 대해 이야기해보겠습니다. 자신의 임종을 앞두고 준비해야 할 것은 많습니다. 특히 정신적인 부분이나 인간관계에서 해야 할 일이 많습니다.

물건과 인간관계 정리

먼저 주변 정리에 대해서 보겠습니다. 이때 가장 중요한 것은 자기 물건 정리입니다. 우리는 이번 생에 오래 살았기 때문에 갖고 있는 물건이 많습니다. 이것들을 그냥 놓고 가면 자식들이 곤란을 겪을 수 있으니, 정리를 해야 합니다. 특히 귀중한 것들은 자식에게 유산으로 물려줄지, 아니면 공공기관에 기부할지를 결정해야 합니다. 자식에게 줄 때에도 어떤 것을 누구에게 줄지 확실하게 밝혀놓는 게 좋겠지요.

저처럼 직업이 교수인 사람들은 책을 처리하는 것이 큰 골칫거리입니다. 수백 수천 권이나 되는 책을 과연 어떻게 처리하면 좋을지, 그것을 결정하는 일이 여간 고역이 아닙니다. 서울대병원 의대의 정현채 교수는 지금 60대 중반인데 벌써 책을 나눠서 도서관 같은 곳에 기증했더군요. 이런 일도 부지런해야 할 수 있습니다. 어떤 책이 어떤 도서관과 어울리는지 파악해서 제대로 기증하려면, 이런 저런 검색을 많이 하고 그쪽에 연락을 해서 의향을 알아보는 등 할 일이 많습니다. 어쨌든 우리가 세상을 떠날 때에는 가능한 한 단출하게, 그래서 자식들이 우리의 유품을 정리하는 데 힘들지 않게 해야겠습니다.

사실 책이나 물건 정리보다 더 중요한 것이 인간관계 정리입니다. 우리는 그동안 살아오면서 수많은 사람과 좋거나 나쁘거나 혹은 별 감정이 없는 관계를 맺어왔습니다. 문제는 나쁜 감정 혹은 원한으로 맺어진 관계입니다. 이런 감정은 마음에 맺혀 있어 부정적인 기운으로 남게 됩니다. 우리가 속병을 앓을 때 배 안에 적積이라고 불리는 것이 생깁니다. 배의 특정 부분이 뭉쳐서 딱딱해지는 것인데, 그것을 누르면 아픕니다. 이것 때문에 병이 생기는 경우가 많습니다(혹은 병 때문에 적이 생길 수도 있습니다). 이것을 풀어주어야 비로소 병이 낫게 되지요. 마찬가지로 우리가 누군가를 미워하거나 원망하게 되면 마음에 이런 적이 생깁니다. 이 적은 우리로 하여금 계속해서 부정적인 생각을 갖게 할 뿐만 아니라, 그것이 지나치면 몸에도 적이 생겨 병이 납니다.

따라서 우리의 정신을 건강하게 하려면 마음에 맺혀 있는 적을 풀어야 합니다. 이것을 풀지 않으면 죽은 다음에도 이 맺힌 마음을 그대로 가져가게 됩니다. 영계에 가서도 이런 마음 상태를 유지하면, 그곳에서의 삶 또한 괴로워지겠지요. 그러니 임종하기 전에 이런 적을 다 풀어야 합니다. 이번 생에 만든 것은 이번 생에 해결하는 게 좋지 않겠습니까. 그래야 다음 세상에 갔을 때 편안할 수 있습니다.

그렇다면 어떻게 해야 할까요? 우선 이번 생에 자신이 다른 사람에게 잘못한 것이 있는지, 혹은 다른 사람으로부터 큰 상처를 받은 것은 없는지 잘 살펴보시기 바랍니다. 그런 것이 발견되면 그것을 풀기 위해 여러 가지 방법으로 노력해야 합니다.

여기서 우리는 또 소태산의 가르침이 필요합니다. 그는 임종을 맞는 마지막 단계에 모든 원한을 내려놓고 임종에 임하라고 충고합니다. 특히 내가 잘못한 일이 있으면 그 상대를 불러 진심으로 용서를 빌라고 부탁합니다. 그러지 않으면 그 부정적인 기운이 다음 생으로 넘어간다는 겁니다. 만일 빌어야 할 사람이 타계하고 없으면 마음속으로 있는 힘을 다해 용서를 구하라고 당부합니다. 그만큼 마음을 순수하게 만드는 일이 중요하다는 거지요. 또 남이 나에게 잘못한 것은 다 용서해야 한다고 조언합니다. '어떤 일이 있어도 저놈은 용서 못해!' 혹은 '다른 사람은 몰라도 저년은 용서 못해' 같은 마음 상태는 너무도 부정적인 기운을 만들어내기 때문에 절대 금물입니다. 이런 마음가짐으로 영계에 가면 그 마음이 그대로 투사되어 감옥 같은 환경을 만들어내기 때문에 본인이 가장 고생을 한다는 겁니다.

이제 얼마 안 있으면 이 세상을 하직할 텐데 그런 부정적인 감정을 가져서 무엇 하겠습니까? 게다가 몸을 벗으면 우리에게는 한없이 좋은 세계가 펼쳐질 텐데 이승에서 겪은 작은 일로 본인을 망쳐서야 되겠습니까? 앞으로 몸을 벗은 다음에 좋은 일이 생길 거라고 생각하면 마음이 넉넉해지고 웬만한 원한은 잊을 수 있습니다.

그리고 나에게 잘못한 사람을 용서할 때 마지못해 해서는 안 됩니다. 크고 환한 마음으로 다시는 원망하지 않도록 통 크게 용서해야 합니다. 삶은 덧없으니, 모든 사람에게는 그들 나름대로의 사정이 있었을 것이라고 생각하고 다 깨끗이 용서하고 잊어버리십시오.

용서하는 것이 힘들다면 적어도 그 사람에게 관심을 두지 마십시오. 용서하겠다는 생각은 물론이고 복수하겠다는 마음도 갖지 말라는 것입니다. 그 사람에 대한 생각을 아예 끊어버리는 것이지요. 이것은 다소 소극적인 방법이지만, 정 용서가 안 되면 이렇게라도 해야 합니다. 관심을 두지 않으면, 마음이 다 풀리는 것은 아니지만 적어도 부정적인 기운이 작동하지 않게는 할 수 있습니다. 그러면 피해는 보지 않을 수 있겠지요.

이와 관련해 소태산의 다음 이야기는 시사하는 바가 많습니다. 어떤 제자가 소태산에게 "술주정뱅이에다 나를 막 대하는 남편을 내세에서 만나지 않으려면 어떻게 해야 합니까?"라고 묻습니다. 이에 대해 소태산은 "남편을 미워해서는 안 된다. 그것이 다시 인연을 만들기 때문이다. 남편을 다시 안 만나려면 아예 관심을 갖지 마라"고 답합니다. 생각을 끊어 어떤 연결고리도 갖지 않아야 한다는 것이지요. 이처럼 우리가 임종을 맞이할 때 가능한 한 부정적인 마음을 갖지 않도록 노력해야 합니다. 하지만 솔직히 말해, 이것 역시 쉬운 일은 아닙니다.

죽음은 마지막 성장의 기회

앞에서 '당하는 죽음'이 아니라 '맞이하는 죽음'으로 가자고 했지요? 여기서는 죽음을 그저 맞이하는 정도가 아니라 적극적으로 활용하자고 제안합니다. 죽음을 마지막 성장의 기회로 만들자는 겁니다. 죽음이라는 사건을 이용해 인격적으로 성장하자는 이야기지요. 죽음을 잘 살펴보면 우리가 크게 성숙할 수 있는 기회인 것을 알 수 있습니다. 어떤 면에서 그럴까요?

이런 생각을 저만 하는 것이 아닙니다. 《인생수업》의 저자이자 정신과 의사인 엘리자베스 퀴블러 로스Elizabeth Kübler-Ross는 비슷한 제목으로 책을 내기도 했습니다. 《죽음, 성장의 마지막 단계Death: The Final Stage of Growth》, 거의 같은 뜻이지요.

왜 '마지막 기회'라고 하는 것일까요? 여기에는 우선 죽음을 부정하지 말고 적극적으로 대처해서 한 단계 도약할 수 있는 기회로 만들자는 뜻이 포함됩니다. 이때 잘 대처하면 건강하게 살 때와는 비교도 안 되는 새로운 경험을 할 수 있습니다. 제 생각에는 거의 종교적인 체험에 근접하는 경험을 할 수 있을 것 같습니다.

어떤 면에서 그렇게 되는 것일까요? 사정은 이렇습니다. 우리가 살면서 보통 어떤 데에 가장 많은 관심을 갖습니까? 세속적인 것 아닌가요? 돈 벌기에 바쁘고, 승진하는 데 관심 있고, 자식 키우느라 정신없고…… 아니면 어떻게 놀면 재미있을까 하는 데만 관심을 갖지 않나요? 돈이 조금 있는 사람은 내가 투자한 주식이 왕창 올랐으면 좋겠고, 내가 산 집이나 땅의 값이 두세 배로 뛰었으면 좋겠다는 생각만 할 겁니다. 그리고 노상 누구는 어떻고 정치는 어떻고 연예인들의 사생활은 어떻고…… 시시콜콜한 남의 이야기만 하고 삽니다. 골프에 미치면 골프 이야기만 하고 게임에 미치면 그게 세상의 전부라고 생각하고 살지요.

그래서 정작 중요한 문제, 즉 진리나 자신에 대한 것, 종교의 진정한 가르침 혹은 인생의 의미 같은 주제에 대해서는 관심을 두지 않습니다. 이런 주제에 대해 이야기하자고 하면 보통 "그까짓 것 안다고 나한테 10원 한 장 들어오냐?", "인생의 의미는 찾아 무엇 하냐?", "바쁜데 무슨 종교 타령이냐?" 하면서 심드렁한 표정을 짓습니다.

이런 가정을 한번 해볼까요. 그렇게 평범하게 살던 사

람이 어느 날 갑자기 의사로부터 말기 질환이라는 통보를 받았습니다. 그는 어떤 반응을 보일까요? 다 그런 것은 아니겠지만, 이 사람에게 만일 진지한 구석이 있다면, 그의 태도는 확 달라질 겁니다. 우선 자신이 지금까지 온 힘을 다해 매달렸던 세속적인 일들이 다 하찮게 보일 겁니다. 지금 내 생명이 몇 달밖에 안 남았다는데, 그까짓 주식이 무엇이고 부동산이 무슨 상관이겠습니까? 또 다른 사람이 어떻게 살든 아무 관심이 없습니다. 내가 곧 죽는데, 연예인이 어떤 가십을 뿌리든 관심을 가질 이유가 없지요.

그때부터 관심사는 오로지 내 생명에만 쏠립니다. 여기서 사람들의 반응이 갈립니다. 많은 사람들은 내 생명을 연장하는 작업에 몰두합니다. 이것이 바로 무의미한 연명의료지요. 그렇게 아등바등 생명 연장에 집착하다 어느 날 쓸쓸히 예고도 없이 생을 마감합니다. 이런 사람들에게는 죽음이 마지막 성장의 기회가 되지 못합니다.

그런데 또 다른 부류의 사람들이 있습니다. 이들은 세속적인 가치가 모두 부질없고 무상하다는 것을 강하게 깨닫습니다. 그리고 이런 것들을 넘어서 진정한 가치를 찾기 시작합니다. 인간에게 가장 중요한 질문을 하는 것이지요. 구체적으로 어떤 질문들일까요? 먼저 자신에 대한 질문으로 시작합니다.

내 인생은 의미가 있었나?

나는 내 인생을 성공적으로 살았나?

내가 죽은 다음에 다른 사람들은 나를 어떻게 기억할까?

나는 좋은 자식, 좋은 남편(아내), 좋은 아버지(어머니) 였나?

종교나 사후생에 대한 질문도 있을 수 있습니다.

나는 불교인(기독교인)으로 제대로 살았나?

신은 어떤 분인가?

나는 예수나 붓다를 제대로 알고 신앙생활을 했나?

나는 죽은 뒤에 어떻게 되나?

사후세계나 영혼이라는 것이 존재할까?

죽은 다음에 먼저 가신 부모님이나 아내(남편)를 만날 수 있을까?

이런 질문들은 건강하게 살 때는 별로 궁금하지 않던 것들입니다. 사는 게 바쁜데 내가 누구고 종교가 무엇인지 같은 질문이 뭐가 중요하며, 또 하루하루가 힘든데 죽은 뒤까지 걱정해야 하느냐면서 외면했던 질문들이지요. 그런데 삶이 이제 얼마 안 남았다고 하면 이런 질문들이 화급해집니다. 이유는 간단합니다. 자신의 죽음을 앞두고 모든 것이 허망해 보이기 때문입니다. 이제부터 인생에서 진짜 중요한 것이 무엇인지에 대해 고심을 할 수 있게 된 것입니다.

자신과 이웃의 관계, 삶과 죽음, 인생의 진정한 의미, 사후세계 등에 관해 의문을 갖는 것은 대단히 중요한 문제입니다. 그런데 건강할 때는 바쁘다는 핑계로 이런 질문을 하면서 조용히 자신을 돌아본 적이 없습니다. 그래서 우리는 내면적으로 제대로 성장하지 못했습니다. 우리가 진정으로 성장하려면 바로 이런 질문을 진지하게 던져야 합니다. 그런데 생명이 몇 개월 안 남은 지금, 우리는 드디어 이런 의문을 대면할 수 있게 되었습니다. 그래서 죽음이 마지막 성장의 기회라고 한 것입니다. 이때라도 이런 시간을 갖게 된 것은 큰 행운이 아닐 수 없습니다. 그러니 이 좋은 기회를 놓치지 말고 적극적으로 활용하자는 것입니다.

남은 기간이 6개월밖에 없다고 해도 상관없습니다. 6개월이라는 시간도 삶이나 종교의 본질을 아는 데 충분합니다. 허랑방탕하게 30년을 사는 것보다 6개월 동안이라도 온 힘을 다해 인생과 생명의 본질에 대해 깊이 궁구한다면, 이 편이 훨씬 낫지 않겠습니까. 우리는 이런 과정을 거쳐야 그동안 살면서 가졌던 욕망이나 집착이 얼마나 허망하고 별볼일없는 것이었는지 알 수 있습니다. 이런 세속적인 감정을 계속해서 갖고 있으면, 앞에서 말한 것처럼 마지막에 몸을 벗을 때 힘들 수 있습니다. 그래서 마음을 비우고 모든 일에 대해 방념放念하는 훈련을 해야 합니다. 이 기간 동안 진지하게 답을 찾아야 진짜 마지막 순간 편하게 몸을 떠날 수 있습니다. 이것을 훈련하는 데 6개월이면 충분합니다. 진정으로 임하기만 하면 됩니다.

그래서 이 귀중한 시간에 하나도 도움이 되지 않는 연명의료에 의존하지 말라고 하는 것입니다. 어찌 보면 지금 이 기간이 인생에서 가장 중요한 시간이라고 할 수 있는데, 이런 때를 공연한 치료에 매달려 허투루 보낸다면 본인에게 엄청난 손해가 됩니다. 자신의 삶을 몇 단계 도

약시킬 수 있는데, 그렇게 하기는커녕 연명의료에 의존함으로써 퇴보하기 때문입니다.

제 개인적인 생각으로 이때 집중적으로 탐구해야 할 것은 아마도 사후세계에 대한 것이 아닌가 싶습니다. 이제 우리는 곧 몸을 벗고 사후세계로 들어갈 텐데, 그 세계의 존재 여부부터 궁금한 게 참 많습니다. 우리가 이 사후세계에 대해 공부해야 하는 이유는 아주 간단합니다. 저는 사후세계로 들어가는 것을 해외여행에 자주 비유합니다. 우리가 해외로 여행을 떠날 때 어떻게 합니까? 목적지에 대해 사전에 공부를 많이 하고 떠나지 않습니까? 숙소나 교통편을 비롯해 들러야 할 곳에 대해서도 미리 충분히 알아본 후에 떠납니다. 그렇게 하지 않으면 비싼 돈 들여서 가는 여행을 망칠 수도 있으니까요.

그런데 왜 사후세계로 여행을 떠날 때에는 미리 아무런 공부도 하지 않는 걸까요? 해외여행과는 비교도 안 되게 중요한 사후세계 여행은 왜 아무 준비도 없이 떠나느냐는 겁니다. 사후세계에 관해서는 이미 다른 책《한국 사자의 서》에서 다뤘기 때문에 여기서는 다시 이야기하지 않겠습니다. 다만 확실히 말할 수 있는 것은, 우리의 삶은 죽음과 그 이후의 세계에 대해 알아야만 온전하게 이해할 수 있다는 것입니다.

공자는 사후세계가 있느냐는 제자의 질문에 "삶도 모르면서 어찌 사후의 일을 논하는가"라면서 힐난했다고 하지요. 하지만 이것은 공자가 틀렸습니다. 그 반대입니다. 죽음과 그 이후의 일을 알아야 지금의 삶을 제대로 이해할 수 있기 때문입니다. 삶과 죽음은 동전의 양면처럼 항상 붙어 있기 때문에 한쪽만 보아서는 전체를 알 수 없습니다. 죽음만 봐서도 안 되고 삶만 봐서도 안 됩니다. 그런데 우리는 삶에 대해서는 조금이나마 생각을 하고 살지만 죽음이나 그 이후의 세계에 대해서는 너무나 무지한 채 살고 있습니다. 이런 기회에 죽음과 그 이후의 세계에 대해 제대로 공부한다면 본인에게 엄청난 도움이 될 겁니다. 삶의 새로운 경지가 열릴 수 있습니다.

그런데 이 사후세계의 문제는 종교와 밀접하게 관련되어 있습니다. 따라서 이 주제를 공부하다 보면 종교를 다시 보는 기회를 가질 수 있습니다. 종교의 진정한 가르침에 눈뜰 수 있다는 이야기입니다. 이전에 교회나 절을 건성건성 다닌 사람들도 이런 일을 당하면 기독교나 불교의 진정한 가르침에 새롭게 눈이 뜨일 것입니다. 그럼으로써 자신을 알고자 하는 공부가 심화되는 것이지요. 그런 식으로 공부하다 보면 세속적인 욕망에서 점차 벗어날 수 있고, 그 단계가 심화되면 아주 평화로운 마음으로 이생의 마지막을 맞이할 수 있습니다.

그렇게 평화롭게 몸을 떠난다면 저승에서의 시작이 순조롭겠지요. 이승에서 할 일을 다 했을 뿐만 아니라, 마지막 순간에 '열공熱工'해서 자신의 영혼을 높은 수준으로 끌어올렸으니 얼마나 좋습니까? 이렇게 살아야 그 생을 잘 살았다고 할 수 있을 것입니다.

마지막으로, 이렇게 임종을 준비하다 보면 더 적극적인 행동으로 이어지기도 합니다. 자신의 상태가 평온해지면 그다음에는 자연스럽게 주위를 살피게 됩니다. 그러면서 자신이 도울 수 있는 일이 있는지 찾아보게 되지요. 봉사하고 싶은 마음이 생기는 것입니다. 사람이란 이런 존재입니다. 자신의 삶이 충만해지면 곧 그것을 다른 사람과 나누고 싶은 마음이 생깁니다. 그렇게 봉사를 하면서 우리는 더 많은 것을 배우게 되고 자신의 영혼을 더 고양시킬 수 있습니다.

　이때 주위를 돌아보면 자신이 도울 수 있는 사람이나 일이 분명히 있을 것입니다. 예를 들어, 자신과 같이 말기 질환 상태에 있는 환자들의 고통을 경감시켜주는 일을 할 수도 있습니다. 그런 이들을 가장 잘 도울 수 있는 사람은 말할 것도 없이 같은 처지의 여러분일 테니까요.

　이 일까지 성공하면 여러분은 진정한 종교체험을 할지도 모릅니다. 여기서 말하는 종교체험이란, 살아 있는 모든 것에서 생동감을 느끼고 모든 것이 사랑스럽게 보이는 것입니다. 모든 것이 빛나는 것처럼 느껴지고 그것들로부터 어떤 기운을 감지할 수 있습니다. 그래서 사람들은 말할 것도 없고 주위에 있는 동물이나 식물들도 이전과는 다른 차원으로 보입니다. 하나하나가 다 귀중하고 사랑스러운 존재로 느껴진다는 이야기지요. 하다못해 길에 무심코 피어 있는 잡초도 그렇게 아름다울 수 없습니다. 이런 상태로 임종을 맞는다면 더 이상 훌륭한 임종이 없을 겁니다. 이 단계까지 가는 것이 쉬운 일은 아니지만, 이런 상태도 있다는 것을 알고 임하면 더 좋은 임종에 도달할 수 있습니다.

3장   임종 직전에
환자에게 나타나는
현상과 대처 방법

이 장에서는 임종 직전에 환자의 몸이나 정신에 나타나
는 현상에 대해 살펴보려고 합니다. 이때에는 평상시와
매우 다른 현상이 나타나기 때문에, 미리 알아두어야 실
수를 줄일 수 있습니다. 그리고 그런 현상이 나타날 때 어
떻게 대처하면 좋을지에 대해서도 함께 알아보겠습니다.
지금부터 살펴볼 현상들이 순서대로 나타나는 것은 아니
니, 제가 나열하는 순서는 무시해도 좋습니다. 이런 현상
들이 모든 사람에게 다 나타나는 것은 아니고, 그 순서도
사람마다 다를 수 있습니다.

음식 양이 줄고 잠을 많이 잔다

우선 환자가 섭취하는 음식이나 음료의 양이 평소 건강할 때와는 비교도 안 되게 많이 줄어듭니다. 이것은 당연한 것이겠지요. 몸이 쇠약해지고 약도 많이 투여되니 식욕이 왕성할 리가 없지 않겠습니까. 게다가 대부분 침상에 누워 생활하니 운동량이 거의 없어서 음식이 그다지 필요하지도 않습니다.

이런 상황에서 가족들이 주의할 것이 있습니다. 환자에게 음식을 강권하지 말라는 것입니다. 우리가 건강할 때 병에 걸리면 빠른 쾌유를 위해 음식을 많이 먹는 게 좋을 수 있습니다. 하지만 지금은 음식 자체가 그리 필요하지 않습니다. 소화력이 떨어지니 많이 먹을 수도 없습니다. 그런 사람에게 음식을 잘 못 먹는다고 안쓰러운 마음에 자꾸 음식을 권해서는 안 됩니다.

자식들 가운데 아버지(어머니) 드시라고 찬합에 음식을 잔뜩 만들어오는 이들이 있습니다. 그러나 그것은 건강을 되찾을 수 있는 사람에게나 좋은 일이지, 말기 질환 환자에게는 좋지 않습니다.

또 이런 상태에 있는 사람은 잠을 많이 자는 경우가 많습니다. 몸이 쇠약해졌으니 자꾸 잠을 자는 것이지요. 이것도 자연스러운 일이니 걱정할 필요 없습니다. 그러니까 너무 많이 자는 것 아닌가 하고 걱정해서 공연히 깨우지 마시기 바랍니다.

그런데 그렇게 잠을 많이 자니까 환자 스스로 현실과 꿈의 세계를 혼동해 불안해하고 자신이 어디에 있는지 헛갈릴 수도 있습니다. 병원에 있으면서 집이라고 한다거나, 영 다른 곳에 있다고 이야기하기도 합니다. 이런 현상들 역시 그렇게 오래가지는 않으니 그다지 걱정할 일은 아닙니다. 환자가 그렇게 주위 환경에 대해 혼동할 때 과민하게 반응하거나 질책해서는 안 됩니다. 그냥 "그래요?" 하고 가볍게 받아넘기면 됩니다.

말기 질환 환자들의 경우 그들이 무슨 말을 하고 어떤 태도를 보이든 가족이나 주위 사람들이 전적으로 받아들이는 자세가 중요합니다. 어떤 질책도 해서는 안 됩니다. 반응도 예민하게 하지 말아야 합니다.

먼저 타계한 친지들의 방문을 받을 수도 있다

임종 직전의 환자들은 가끔 이상한 언동을 하기도 합니다. 공중을 바라보면서 누군가와 대화하듯 이야기를 하는 경우도 있지요. 마치 실성한 사람처럼 보일 수 있습니다. 그런데 이때 환자는 흔히 "돌아가신 아버지(어머니)가 오셨다"라고 말합니다. 이 경우에 조심해야 할 점은, 결코 힐책해서는 안 된다는 것입니다. "에이 아버지도, 거기 누가 나타났다고 그러세요? 말도 안 되는 소리 하지 마시고 이거나 드세요" 같은 식으로 반응하기 쉬운데, 절대로 그러지 말아야 합니다. 또 대수롭지 않다는 식으로 반응하는 것 역시 좋지 않습니다. 왜냐하면 환자에게 이 사건은 매우 중요한 일이기 때문입니다. 따라서 가족들은 이 현상이 무엇을 뜻하는지 미리 알아야 합니다.

이 경우 환자는 환상을 보았을 수도 있습니다. 현실에 존재하지 않는 어떤 것을 보았다면 그것은 환상일 수 있지요. 그러나 타계한 부모나 친지들이 오셨다고 한다면, 실제로 그분들의 영혼이 나타났을 확률이 높습니다. 여러 연구에 따르면, 사람이 임종에 가까워지면 먼저 사후세계로 떠난 분들이 마중을 나온다고 합니다. 이 영혼들은 신기하게도 당사자가 지상에서의 삶을 끝내고 영계로 들어오는 때를 정확하게 감지합니다. 아마 부모자식처럼 아주 가까운 친지 사이에는 서로 공명하는 파동이 있어서 한쪽에 어떤 변화가 생기면 즉시 알아차리는 것이 아닐까 싶습니다. 영혼이나 사후세계를 믿지 않는 이들에게는 이런 이야기가 황당하게 들리겠지만, 근사체험자들의 이야기를 들어보면 나름대로 이해가 되는 부분이 있습니다.

이들의 체험에 따르면, 자신이 체외이탈을 해 몸을 벗자 이미 타계한 친지들이 와서 기다리고 있었다고 합니다. 부모가 가장 많겠지만 조부모가 나타나는 경우도 적지 않았습니다. 그런가 하면 자신도 모르는 형제자매가 나타나는 경우도 있다고 합니다. 당사자가 태어나기 전에 이미 세상을 떠나서 전혀 모르는 형제자매의 영혼이 마중을 나오는 것입니다. 이 영혼들은 다만 마중만 나온 것이라 인사를 나누고 잠시 있다가 다시 자기가 있던 곳으로 되돌아간다는군요.

대부분 당사자가 잘 아는 친지가 나오지만, 어떤 때는 모르는 사람들이 나오는 경우도 있는데, 잘 알지 못하지만 왠지 친숙한 느낌이 든다고 합니다. 어떤 사람은 아이들이 동산에서 춤을 추는 모습을 보았다고 하고, 어떤 사람은 꽃밭을 보았다고도 합니다. 글쎄요, 이것은 영계의 모습을 본 걸까요? 그것은 알 수 없습니다. 또 어떤 사람은 마차나 자동차 같은 탈것을 목격하기도 합니다. 이처럼 탈것이 나오는 것은 특히 상징성이 큽니다. 이것을 타고 다음 세상으로 가는 것을 의미하기 때문입니다.

어쨌든 당사자가 누구를 보든지, 이 사건은 그에게 매우 중요합니다. 왜냐하면 이 사건을 겪은 사람은 이제 지상에 있을 날이 며칠 안 남았기 때문입니다. 그는 이제 지상보다는 영계의 질서에 더 가까운 사람이 된 것입니다. 어떻게 아느냐고요? 그 근거는 간단합니다. 당사자는 이제 지상, 즉 물질계가 아니라 영계로 넘어가는 단계에 있기 때문에, 이 지상에 사는 우리에게는 보이지 않는 영들이 보이는 것입니다. 우리가 지상에 살 때는 지상의 질서를 따라야 합니다. 그래서 우리 대부분은 영혼을 볼 수 없습니다. 우리 눈은 육안이라 물질만 볼 수 있지요.

사실 우리 주위에는 말할 수 없이 많은 영혼이 있을 겁니다. 그러나 우리의 눈에는 이 혼들이 보이지 않습니다.

그러니 우리는 이 지상의 삶만 열심히 살면 됩니다. 두 세계는 엄연히 다르기 때문에 한 세계에만 충실하면 되는 것이지요. 그런데 말기 질환 환자가 영혼들을 목격했다는 것은 서서히 이 지상의 세계에서 영혼의 세계로 옮겨가고 있음을 보여주는 것입니다.

그런가 하면 환한 빛을 목도하는 경우도 있습니다. 이 경우에는 당사자가 종종 이렇게 이야기합니다. "저 빛이 너무 밝아 눈이 부시니 좀 꺼줘." 그러나 그가 가리킨 쪽에는 어떤 빛도 없습니다. 그저 벽만 있을 뿐입니다. 그런데 왜 이분은 빛을 보았다고 할까요? 이 빛은 무엇일까요? 앞서 언급한 것처럼, 이 빛은 영계로 가는 문이라고 할 수 있습니다. 또 영계에 있는 모든 영의 근원 같은 역할을 한다고 볼 수도 있습니다. 이런 사실을 어떻게 알 수 있을까요?

이 역시 근사체험한 사람들의 경험을 통해 알 수 있습니다. 그들이 체외이탈을 했을 때 대부분 굉장히 밝은 빛을 목도합니다. 그리고 자신도 모르게 그곳을 향해 아주 빠른 속도로 날아갑니다. 그다음에는 소수의 체험자들에게만 해당되는 이야기지만, 이 빛과 대화를 나눕니다. 이 빛은 인생과 우주에 대해 모든 것을 알고 있고 한없는 사랑으로 이 사람을 대합니다. 특히 당사자와 함께 그의 지난 생을 돌아보면서 그의 인생에서 발생한 일들이 어떤 의미를 갖는지 알려줍니다. 그리고 다시 육신으로 돌아가라고 권하는 것도 역시 이 빛입니다. 그런 면에서 이 빛은 영계의 중심과 같은 역할을 한다고 할 수 있을 것입니다.

말기 질환 환자가 만일 이 빛이 보인다고 한다면 이것은 그가 영계에 들어갈 때가 되었음을 알려주는 것입니다. 육신을 갖고 사는 우리는 평소에 이 빛을 결코 볼 수 없습니다. 조금 더 부연해서 설명하면, 지금 환자가 처해 있는 상태는 물질계라는 3차원에서 영계라는 4차원으로 이동하는 단계라고 할 수 있습니다. 아직 4차원으로 완전히 간 것은 아니고, 그 중간에 머물러 있다고 할 수 있겠지요.

차원 문제에서 가장 중요한 것은, 상위 차원은 아래 차원을 볼 수 있지만 그 반대는 안 된다는 것입니다. 그러니까 4차원인 영계에서는 3차원인 물질계가 다 보이지만, 물질계에서는 영계가 전혀 보이지 않습니다. 그러니 영계의 빛이 보이기 시작했다는 것은 이제 3차원을 벗어날 때가 되었다는 의미입니다.

설명이 길어졌습니다만, 여기서 정말 중요한 것은 환자가 어떤 상태에 있든 무조건 동조해주어야 한다는 것입니다. 지금 환자는 그렇지 않아도 마음이 뒤숭숭해 정신이 황망하고 불안한 상태입니다. 그렇지 않겠습니까? 갑자기 돌아가신 부모님이 나타나니 얼마나 당황스럽겠습니까. 그럴 때는 무조건 그 말을 들어주어야지, 반박이나 비난을 해서는 안 됩니다. 그냥 들어주는 것만으로도 환자는 크게 위안을 받고 불안도 많이 줄어들 것입니다.

임종 직전에 나타나는 육체의 변화와 현상들

임종 직전은 매우 특수한 상황이라 육체에 평상시와 다른 현상이 나타납니다. 가령 피부가 부분적으로 검게 또는 퍼렇게 변할 수 있습니다. 저도 부모님들이 임종하시기 직전에 무슨 병에 걸린 것처럼 피부에 까맣고 큰 점들이 생겨나는 것을 보았습니다. 이 점들이 왜 생기는지 모르면 당황할 수 있습니다. 저는 이 반점 같은 것들이 자연스러운 현상이라는 것을 알고 있었기 때문에 당황하지 않고 대처할 수 있었습니다.

의사들에 따르면, 이 점들은 피가 모여서 생기는 것으로 전혀 문제 될 것이 없습니다. 인체의 그 부분에 피가 많이 필요하기 때문에 모인 것이고, 시간이 지나면 없어집니다. 실제로 제 부모님들의 경우도 그런 반점이 생겨났다 없어지는 과정이 반복되더군요. 그러니 여러분의 부모님에게 이런 현상이 나타나도 당황하지 마십시오.

소변에도 변화가 생깁니다. 양이 줄고 색깔도 녹차처럼 변한다고 합니다. 하지만 이 또한 당연한 변화이니, 전혀 걱정할 일이 아닙니다. 호흡도 그렇지요. 말기 질환 상태에는 숨이 거칠고 짧습니다. 숨을 얕고 할딱거리면서 쉬게 되는데, 이것은 우리가 심한 병에 걸렸을 때 나타나는 자연스러운 현상입니다. 육체의 모든 기관이 쇠약해지니 폐도 예외일 수 없습니다. 폐가 노쇠해 약하게 기능하는 것입니다.

이 숨 쉬는 것, 즉 호흡이 죽음과 관련되는 면이 있습니다. 지금부터 꽤 재미있는 이야기를 하나 들려드리겠습니다. 한국어에는 '죽었다'는 의미의 표현이 많이 있습니다.

'유명을 달리했다'거나 '돌아가셨다'거나 '세상을 떠났다'고도 하지요. 숨과 관련해서 '숨이 넘어갔다'는 표현을 하기도 합니다. 그런데 이 말의 뜻에 대해 깊이 생각해본 사람은 그리 많지 않을 겁니다. 그래서 그 뜻이 무엇인지 말해보라고 하면, 대부분 어리둥절해하지요. 숨이 도대체 어디서 어디로 넘어갔다는 건지 알 수 없으니까요. 저도 확실히 아는 것은 아니지만 추측으로 그 뜻을 한번 짐작해볼까 합니다.

앞에서 본 대로, 중병이나 말기 질환에 걸린 사람들은 숨을 쉴 때 어깨를 움직이며 할딱거립니다. 평상시에는 물론 숨을 이렇게 쉬지 않습니다. 어릴 때부터 볼까요. 우리가 아주 어릴 때, 그러니까 아기였을 때 우리는 어떻게 숨을 쉬었습니까? 그때는 배로 숨을 쉬었습니다. 두세 살된 어린 아기들이 누워서 자는 모습을 잘 보십시오. 그들이 숨 쉬는 것을 보면 배만 오르락내리락합니다. 사실 이렇게 숨 쉬는 것이 가장 건강한 모습입니다. 인간에게 가장 이상적인 호흡법이라는 이야기지요. 이것은 시쳇말로 도인들이 숨 쉬는 방식이라고 알려져 있습니다. 그래서 요가나 단전호흡에서는 배로 호흡하는 법을 훈련시키기

죽음을 준비하는 것은 죽음 자체를 준비하는 데서 끝나지 않고

삶을 어떻게 살아야 하는가 하는 문제로 돌아옵니다.

좋은 죽음을 맞이하기 위해서는

좋은 삶을 살아야 하기 때문입니다.

도 합니다.

그런 훈련을 하는 것은 우리가 성장하면서 가슴으로 숨을 쉬게 되었기 때문입니다. 우리 대부분은 가슴으로 숨을 쉬면서 살고 있습니다. 그런데 이런 호흡법은 수행에는 맞지 않습니다. 훈련을 통해 가슴으로 쉬는 숨을 배로 끌어내려야 합니다. 그래야 몸이 이완되고 마음이 차분해집니다.

하지만 우리는 평상시에 가슴으로 숨을 쉬다 노환 등으로 몸이 지극히 약해지면 숨이 어깨까지 올라옵니다. 그래서 어깨를 들먹이며 짧고 거칠게 숨을 쉽니다. 정도가 더 심해지면 '쌕쌕' 하는 소리도 나지요. 그러다 마지막이 되어 그 숨이 뒤로 넘어가면 죽는 것입니다. 배부터 시작해서 가슴을 거쳐 어깨까지 이른 숨이 뒤로 넘어가면 더 이상 숨을 쉴 수 없게 되어 죽는 것이라는 이야기입니다. 우리말에서 '숨이 넘어갔다'고 표현하는 것이 바로 이런 몸의 상태를 묘사한 것 아닌가 싶습니다.

말기 질환 상태에서는 숨만 그렇게 비정상적으로 쉬는 게 아닙니다. 기침도 강하게 하고 가래도 평상시보다 훨씬 많이 나옵니다. 기도 같은 기관에 이물질이 끼면 기침을 해서 빼내야 합니다. 연로하고 쇠약해진 탓에 기도가 약해져 자꾸 사레 같은 것이 걸립니다. 가래를 아예 끼고 살기 때문에 목에서는 노상 '그르렁그르렁' 소리가 납니다. 임종을 앞둔 제 부모님에게서 익히 보았던 현상입니다. 이 경우에는 기계로 가래를 빼주면 됩니다. 이런 것들은 간호사가 알아서 처치해주니 문제 될 것이 없습니다.

사람마다 증상은 조금씩 다르겠지만 몸에 이런 변화가 나타나는 것은 노화에 따른 자연스러운 현상이니 걱정할 일은 아닙니다. 60세가 조금 넘은 저도 걸핏하면 사레가 들려 가끔 눈물을 흘릴 정도로 기침을 심하게 합니다. 이전에는 없던 현상인데, 기도나 식도의 근육이 약해져 별일 아닌데도 음식이 기도로 들어가는 것입니다. 그럴 때마다 저는 내 나이에도 이런 현상이 생긴다면, 80~90세 된 노인들은 얼마나 힘들까, 그런 생각을 합니다. 그때는 지금과 비교도 안 되게 노화가 진행될 텐데 그로 인한 고통이 어떨까, 상상해보는 것이지요.

이런 고통을 조금이라도 줄이려면 어떻게 해야 할까요? 답은 간단합니다. 적절한 운동과 올바른 섭생을 통해서 건강을 유지하는 길밖에 없습니다. 너무 뻔한 이야기지만,

이외에는 답이 없습니다.

자, 이제 정말로 떠날 때가 다가옵니다. 육체의 기능이 이전보다 훨씬 떨어집니다. 여력이 다한 것이지요. 자동차로 말하면 기관도 낡고 기름도 다 떨어진 것입니다. 이때는 호흡이나 심장박동이 아주 약해집니다. 주의해야 할 점은, 앞에서 이미 이야기했듯이, 마지막 순간에 심폐소생술을 해서는 안 된다는 것입니다. 소생술로 다시 맥박을 뛰게 해봐야 30분 전후로 다시 떨어지니 의미가 없습니다. 환자만 괴롭게 할 뿐이지요.

앞에서도 누누이 강조했지만, 우리는 환자가 몸을 벗으려고 할 때 최대한 편안하게 해주어야 합니다. 그런데 마지막에 그렇게 수선을 떨면 영이 평화롭게 몸을 떠날 수 있겠습니까? 본인은 빨리 몸을 벗고 싶은데 소생술을 해서 자꾸 몸을 살려놓으면 평화롭게 몸을 떠나는 것은 고사하고 몸을 떠나는 일 자체가 불가능해질 수도 있습니다. 모든 것을 자연의 순리에 맡겨야 합니다. 가실 때가 되면 평화롭게 보내드려야지, 자꾸 붙잡아두려고 하면 본인과 가족들에게 다 좋지 않습니다.

마지막에 당사자는 어떤 마음가짐과 자세를 취해야 할까?

드디어 몸을 벗는 마지막 순간입니다. 몇 분만 있으면 당사자는 몸을 떠납니다. 이때 가족들이 어떻게 해야 하는지는 앞에서 보았습니다. 이제 당사자가 어떻게 해야 하는지에 대해 알아볼 차례입니다. 앞에서 우리는 그동안 불편했던 인간관계를 정리하는 등 임종 준비를 잘 해야 한다고 했습니다. 하지만 이것은 시간이 조금 있을 때 하는 일입니다. 지금은 상황이 몹시 급박합니다. 이때에는 바로 몸을 벗을 채비를 해야 합니다.

이제부터 나라는 존재는 태어나서 가장 큰 변화를 겪습니다. 육체에서 영체로 전이되기 때문입니다. 육신을 갖고 살 때에도 많은 변화가 있었지만, 지금보다 더 큰 변화는 없었습니다. 게다가 지금 겪는 변화는 너무도 생소합니다. 이전에는 한 번도 경험하지 못한 것입니다. 그래서 경황이 없습니다. 그러니 정신이 산만하고 어리둥절하겠지요.

이때에 우리는 어떻게 해야 할까요? 여기서 우리는 다시 소태산 박중빈 선생의 귀중한 가르침이 필요합니다.

그에 따르면, 이때 가장 중요한 것은 정신을 통일하는 것입니다. 정신 통일하는 데 모든 힘을 기울여야 합니다. 또한 지금 가장 필요한 일은 의식을 안정시키는 일이기도 합니다. 의식이 안정되어야 편안한 마음을 가질 수 있으니까요. 의식을 안정시키는 데에는 정신을 모으는 것이 가장 좋습니다. 소태산은 우리가 이런 상태에서 몸을 벗어야 영체가 되었을 때 보다 좋은 상태를 맞이할 수 있다고 이야기합니다. 앞에서도 계속 언급했지만, 이번 생의 마지막 생각이 다음 생(영계의 생)의 첫 번째 생각이 되니, 몸을 벗을 때 하는 생각은 이루 말할 수 없이 중요합니다.

소태산의 가르침이 대단한 것은, 그저 이런 설명으로 끝나는 것이 아니라 방법을 제시한다는 것입니다. 다시 말해, 우리가 이런 상태에 처했을 때 의식을 안정시키고 정신을 통일할 수 있는 방법을 가르쳐준다는 것이지요. 정신을 하나로 모으는 데 가장 좋은 방법은 무엇일까요? 소태산에 따르면, 종교 경전에서 간단한 문구를 정해 계속해서 외우는 것입니다. 불교식으로 하면 염불을 하는 것이지요. 불교 경전에는 그렇게 할 수 있는 문구가 많습니다. 예를 들어 '옴 마니 반메훔' 같은 문구가 있지요. 뜻은 몰라도 상관없습니다. 뜻보다는 계속해서 되뇌기 편한 구절이어야 합니다. 평소에 즐겨 외던 문구가 있으면 제일 좋겠지요. 가령 평소에 '나무아미타불'이나 '나무관세음보살'을 많이 외웠다면, 그것으로 정하면 됩니다.

우리는 평소에도 무슨 큰일을 당하면 한숨과 함께 '나무관세음보살' 같은 주문을 자연스럽게 외지 않았습니까. 그러면 어떻게 됩니까? 마음이 비록 짧게나마 편안해지는 것을 느낄 수 있습니다. 그렇게 마음이 편해지니까 이런 염불을 하는 것이지요. 불교에서 염불 수행을 하는 것도 같은 원리입니다. 우리 마음은 항상 산란해 있으니 그것을 진정시켜야 명상을 제대로 할 수 있습니다.

그런가 하면 평소에 선 수행을 계속했던 사람은 자신이 평생 참구했던 화두를 들면 됩니다. 가령 '이뭣고(시심마是什么)'를 참구했던 사람은 자연스럽게 마지막 순간에도 이 화두를 들면 될 것입니다.

불교도들에 대한 설명은 이 정도면 됐고, 기독교도들은 어떻게 하면 좋을까요? 기독교에는 불교처럼 딱 떨어지는 주문 문구가 없습니다. 그러니 자신이 직접 이런 문구를 만들어야 합니다. 평소 가장 좋아했던 《성경》 구절에서 주문처럼 외울 수 있는 문구를 만들어 활용하면 좋을 것입니다. 주기도문이나 사도신경에서 짧은 구절을 골라 외워도 좋고, 아니면 예수님의 산상수훈 가운데 평소 가장 마음에 와닿았던 구절을 정해 외워도 좋습니다.

그런데 이런 문구는 평소에 많이 외던 것이어야 합니다. 그냥 좋아하는 정도로는 원하는 효과를 보기 어렵습니다. 지금은 매우 위중한 상태이기 때문에 몸에 배어 있는 것이 자동적으로 나와야지, 새롭게 시작한 것으로는 심신의 안정을 이끌어내지 못합니다.

그리고 이렇게 주문처럼 외우는 구절은 거기에 뜻이 들어가 있으면 좋지 않습니다. 뜻이 있는 문장이면 자꾸 그 뜻을 생각하게 되어 외우는 데 지장을 줄 수 있기 때문입니다. 기독교에서 뜻을 생각하지 않고 외울 수 있는 주문이라면 무엇이 있을까요? '할렐루야'나 '아멘' 정도가 아닐까 싶습니다. 이 두 단어를 계속해서 번갈아 반복해 외우는 것도 좋은 수행법이 될 것 같습니다.

이렇게 주문 같은 것을 반복해서 읽으면 정신이 통일되며 의식이 안정된다고 했는데, 그다음에는 주위를 천천히 바라볼 수 있는 능력이 생깁니다. 정신이 집중되면 의식이 성성하게 살아나 자신의 주위에서 어떤 일이 일어나고 있는지 확실하게 볼 수 있게 됩니다. 그러면 매우 어려운 일이기는 하지만 자신이 몸을 벗고 상위의 세계로 올라가는 과정을 지켜볼 수도 있습니다. 이렇게 의식이 성성한 채로 다음 세상으로 가는 것은 대단히 이상적이지만, 실현하기 쉬운 일은 아닙니다. 아니, 대단히 어려운 일입니다. 보통의 우리는 웬만해서는 할 수 없지요. 그러나 어떤 것이 좋은지는 알고 있는 게 좋습니다.

이 일이 쉽지 않기 때문에, 이에 대해 설명한 소태산은 바로 뒤에서 이렇게 말합니다. 이 일은 임종이 닥쳤을 때 갑자기 할 수 있는 것이 아니라 젊었을 때부터 해야 한다고 말입니다. 소태산은 계속해서, 생사 문제를 해결하는 데는 늦고 빠름이 없지만 지각이 열린 사람은 죽는 일이 중요하다는 것을 알고 미리 준비한다고 덧붙였습니다. 그러면서 40세가 넘으면 "죽어가는 보따리를 준비해서 나중에 죽을 때 바쁜 걸음을 하지 말라"며, 일찍부터 죽음 준비를 잘 하라고 촉구하고 있습니다. 40세라고 했지만, 우리가 40세에 죽음을 준비하기가 어디 쉽겠습니까? 그저 조금이라도 젊을 때부터 죽음을 준비하라는 의미로 새기면 되겠습니다.

죽음을 준비하는 것은 죽음 자체를 준비하는 데서 끝나지 않고 삶을 어떻게 살아야 하는가 하는 문제로 돌아옵니다. 좋은 죽음을 맞이하기 위해서는 좋은 삶을 살아야 하기 때문입니다. 방금 살펴본 것처럼, 우리가 좋은 죽음을 맞이하고 평화롭게 다음 세상으로 가기 위해서는 평소에 강한 집중을 이끌어낼 수 있는 훈련, 즉 수행을 해야 합니다. 염불을 하거나 화두를 들고 참선을 하는 것도 그런 훈련의 한 가지 방법이라고 했습니다. 기독교에서는 진정한 의미에서 기도를 하는 것이 여기에 해당한다고 할 수 있겠지요. 여기서 말하는 진정한 기도란 신에게 무엇을 달라고 하면서 자꾸 보채는 기도가 아니라, 자신을 비우고 신의 말씀을 들으려 하는 기도를 뜻합니다.

우리가 평소에 이런 식으로 자신을 닦는다면 본인의 인격을 크게 향상시킬 수 있습니다. 영혼을 고양시키는 일이기 때문입니다. 죽음을 준비하겠다고 시작한 수행이 결국에는 자신의 현재 삶을 업그레이드시키는 셈이지요. 그래서 죽음과 삶이 다르지 않다고 하는 것입니다.

4장   고인이 임종한 뒤
         가족이
         해야 할 일

이렇게 해서 당사자는 갔습니다. 드디어 고인이 된 것입니다. 이제 가족들은 무슨 일을 해야 할까요? 우리가 그 다음에 해야 할 일 가운데 가장 대표적인 것은 두말할 필요도 없이 고인의 죽음을 주위에 알리고 장례를 치르는 일입니다. 정확히 말해서 문상을 받는 일이지요. 그런데 빈소를 차리고 문상을 받기까지는 시간이 좀 남았습니다.

앞에서도 언급했듯이, 현대인들은 대부분 병원에서 임종을 맞이합니다. 그런데 모든 죽음은 예기치 못하게 닥치는지라, 자식들이 모두 임종 침상에 모여 있는 경우는 많지 않습니다. 자식이나 가까운 친지들이 모두 고인의 마지막 모습을 보기 위해 병원에 오려면 시간이 필요합니다. 그래서 우리는 일단 고인 옆에서 기다려야 합니다.

고인의 육신과 함께 좀 더 머물며

이때 가족들이 할 수 있는 몇 가지 작은 일이 있습니다. 우선 고인의 몸을 청결하게 유지하고 혹시 준비된 옷이 있으면 갈아입힙니다. 하지만 그럴 필요가 없으면 이 일은 하지 않아도 상관없습니다. 또 머리가 헝클어져 있으면 잘 빗겨드려야 하겠지요. 이런 일은 어렵지 않습니다. 그런데 이때 한 가지 유의할 것이 있습니다. 사람이 유명을 달리하면 입이 벌어지는 경우가 있습니다. 모든 사람이 다 그런 것은 아닌데, 그런 경우 외견상 보기 좋지 않으니 턱받이를 해서 입을 다물게 하면 좋을 것입니다. 또 임종할 때 괴로운 나머지 자세가 뒤틀려 있을 수도 있습니다. 사지가 굳기 전에 몸을 바르게 해드리는 일도 필요합니다. 그리고 운명한 직후에 수십 분 동안은 몸에 온기가 남아 있으니, 마지막으로 부모님의 몸을 만져보는 것도 좋겠지요.

이런 일들을 하면서 고인의 옆에서 충분히 시간을 갖는 것이 좋습니다. 아직 체온이 남아 따뜻한 기운이 있는 고인의 몸을 바로 병원 지하의 냉동고로 보내는 것은 참 매몰찬 일입니다. 영능력자들의 증언에 따르면, 몸을 벗어난 영혼은 바로 육신을 떠나지 않고 자신의 몸 주위에 한동안 머문다고 합니다. 그 말이 사실이라면 더더욱 시신을 바로 냉동고에 보내서는 안 되겠습니다.

그런데 이것도 앞에서 소개한 임종실(혹은 영면실)이 있어야 가능한 일입니다. 6인이나 3~4인이 같이 쓰는 병실에서는 시신을 그렇게 오래 모셔두는 것을 다른 환자나 가족들이 좋아할 리가 없겠지요.

이런 다인용 병실에서는 고인을 잃은 슬픔을 표현하기 힘들 뿐만 아니라, 고인의 시신과 이별하는 의례도 하기 어렵습니다. 다행히 임종실이 있다면 마음 놓고 울 수도 있고(물론 울부짖지는 말고) 자신들이 믿는 종교에 따라 의례를 행할 수도 있습니다. 기독교도라면 같이 찬송가를 부르면서 기도를 할 수 있고, 불교도라면 염불을 하면서 고인의 천당행 혹은 극락왕생을 빌 수 있겠지요.

그리고 이런 별도의 공간이 있어야 고인의 영혼과 소통할 수 있습니다. 앞에서 말한 대로 만일 고인의 영혼이 그곳에 계속 머문다면 가족들은 슬픔 속에서도 고인에게 자신들의 소회를 표현할 수 있을 것입니다. 시신은 몇십 분이 지나야 굳고 온기가 사라지니, 그때까지 고인의 몸을 쓰다듬으면서 미처 전하지 못한 말을 하거나 고인이 평안하고 무사하게 저쪽 세계에 가기를 빌 수도 있습니다.

이런 일이 다 끝나고 고인의 시신이 냉동고로 옮겨지면, 임종 준비의 순서는 다 끝난 셈입니다. 이제부터는 장례의 순서로 넘어갑니다.

사망진단서와 장례 준비

엄밀히 말해 장례는 임종 준비가 아닙니다. 장례는 고인이 타계한 후 가족들이 하는 일이니까요. 그러나 장례는 임종과 바로 붙어 있는 사건이라 다루지 않을 수 없습니다. 다만 앞에서 유언장을 이야기할 때 잠깐 다뤘기 때문에, 여기서는 장을 나누지 않고 간단하게 살펴보겠습니다. 게다가 이 지점부터는 이른바 상조 회사들이 거의 모든 절차를 맡아서 하기 때문에, 우리가 개입할 수 있는 여지가 상당히 줄어듭니다. (장례에 대해 더 자세한 것은 졸저《한국인의 생활문화》를 참고하시기 바랍니다.)

장례는 개인적으로 진행하기가 쉽지 않습니다. 절차가 간단하지 않기 때문입니다. 우선 고인이 사망한 후 병원에 '사망진단서'를 충분히 신청해서 갖고 있어야 합니다. 이 진단서는 한 번만 필요한 것이 아니기 때문에 몇 장을 갖고 있어야 한다는군요. 이것은 정상적인 죽음에 해당하는 것이고, 만일 사고사이거나 사인死因이 확실하지 않은 경우에는 관할 경찰서에서 검시檢屍필증을 받아야 한다고 합니다. 살인에 의한 죽음이 아니라는 것이 밝혀져야 장례를 진행할 수 있기 때문입니다.

그다음 과정도 간단하지 않습니다. 장례식장을 예약하고 식장 관계자와 여러 가지 사안에 대해 계약을 맺어야 합니다. 이때 수의와 관, 봉안(납골)함 등을 선택하고, 심지어 유족의 상복이나 빈소에 들어갈 꽃장식 등 세세한 것까지 결정해야 합니다.

의논해야 할 사항은 아직도 많습니다. 문상객 접대에

들어가는 음식이나 음료의 수준을 결정하는 것도 큰일입니다. 그 계산법에 관해서도 합의를 보아야 합니다. 또 화장을 하기로 결정했다면 화장장을 예약하고, 매장을 한다면 그에 필요한 절차를 밟아야 하는데, 이 역시 간단하지는 않습니다. 화장이든 매장이든 그 장소까지 가려면 운구 차량 또한 예약해야겠지요. 매장의 경우는 좀 더 복잡한 것 같습니다. 제가 알기로는 매장 후 30일 이내에 '매장신고서'를 관할 지자체장에게 제출해야 합니다. 또 묘지관리 회사와도 계약이 되어 있어야 하겠지요. 화장도 마찬가지입니다. 봉안(납골)당 회사나 관리소 측과 사전에 계약이 되어 있어야 합니다.

마지막으로 고인이 사망한 후 1개월 이내에 주민센터에 고인의 사망증명서와 주민등록증 등을 가지고 가서 사망신고를 해야 합니다.

그런데 이것으로 인간의 죽음이 마무리되는 것은 아닙니다. 실질적인 일이 아직 남아 있습니다. 고인이 생전에 활용하던 것들을 모두 중지하는 것입니다. 고인이 살던 집을 처리하고, 그와 관련된 가스나 전기, TV 서비스 등의 중지 요청, 유품 정리, 은행 거래 정지와 예금 처리, 휴대 전화 정지 등이 모두 여기에 해당합니다. 인간의 죽음이라는 사건이 이렇게 복잡합니다.

장례는 가능한 한 간단하게

결혼식은 두 당사자가 시간을 충분히 갖고 여유 있게 준비할 수 있지만, 장례식은 갑자기 닥치는 인사人事라 준비할 수 있는 시간이나 여건이 여의치 않습니다. 게다가 결혼식과는 달리, 장례식에는 당사자가 없습니다. 따라서 장례식은 자식들이 준비해야 하는데, 자신들의 일이 아니다 보니 시행착오를 겪을 수 있습니다.

그뿐만이 아닙니다. 장례는 그 내용이 평소의 일상과 너무 다르고, 또 일생에 한두 번밖에 겪지 않는 일이지 않습니까. 그렇기 때문에 개인들은 장례에 효과적으로 대처하기가 매우 어렵습니다. 이전 시대처럼 마을을 이뤄 살 때는 경험 많고 노련한 마을 어른들이 절차를 알려주면서 직접 행해주었지만, 지금은 대부분 도시에 살고 있으니 그런 지도와 도움이 있을 수 없습니다. 따라서 우리는 어쩔 수 없이 상조 회사와 계약을 맺고 장례 절차의 전체 진행을 맡길 수밖에 없습니다.

사정이 이렇다 보니 좋은 상조 회사를 고르는 일이 중요합니다. 지금 우리나라에는 150여 개의 크고 작은 상조 회사들이 있습니다. 고령 인구에 비해 회사 수가 지나치게 많아 경쟁이 치열하다더군요. 따라서 우리가 스스로 주도면밀하게 조사해 가장 좋은 회사를 선택해야 합니다. 더 좋은 것은, 부모님이 살아 계실 때 충분히 조사해서 좋은 회사를 골라 미리 회원으로 가입하는 것입니다. 그렇게 하면 부모님이 갑작스럽게 떠나셔도 허둥대지 않고 장례를 치를 수 있습니다.

어떤 회사를 선택하든, 제가 여기에서 말하고 싶은 것은, 장례식은 가능한 한 간결하게 하자는 것입니다. 상조 회사를 정했더라도 따질 것은 제대로 따져서 해야 합니다. 대부분의 유족들이 장례가 끝난 다음에 "갑자기 상을 당하고 또 처음 겪는 일이라 경황이 없어서 상조 회사와 제대로 흥정을 하지 못했다"고 말합니다. 너무 회사가 하자는 대로 한 것 같다는 것입니다. 그리고 부모님이 마지막 가시는 길이라 생각하니, 값을 깎는 게 도리가 아닌 것 같아 더욱더 흥정하기가 어려웠다고들 합니다. 이렇게 뒤늦게 후회하지 않기 위해서는 장례 절차에 대해 미리미리 생각을 해두어야 합니다.

장례에는 대원칙이 있습니다. 이것은 장례를 하는 이유와 관계가 있습니다. 장례를 하는 이유는 크게 두 가지로, '고인에 대한 추모'와 '유족에 대한 위로'입니다. 이런 대원칙 아래 모든 일이 진행되어야 합니다. 그런데 유족에 대한 위로는 유족 당사자가 할 수 있는 것이 아니니, 여기서는 고인에 대한 추모를 중심으로 보겠습니다.

사실 현대의 장례식에서 유족에 대한 위로는 별로 보이지 않습니다. 사람들이 장수해서 그런지, 상가에 가도 울고불고하는 일이 적습니다. 고인이 웬만큼 오래 살고 가셨으니 그리 슬퍼할 일이 아니라고 생각하는 것이지요.

그래도 장례는 장례인지라 결정해야 할 것이 많습니다. 우선 문상객 규모는 어떻게 할지부터 결정해야 합니다. 어느 범위까지 알리느냐는 것이지요. 아는 사람들을 다 부를 건지, 아니면 아주 가까운 사람에게만 알릴 것인지, 또 오신 문상객들을 어떻게 접대할지, 동창회나 회사에서 보내오는 화환이나 조기弔旗를 받을지 말지 같은 실질적인 문제를 논의해야 되는데, 이때 항상 어떻게 하는 것이 고인을 제대로 추모할 수 있는지를 가장 중요하게 생각해서 결정해야 합니다.

또 수의나 관의 등급, 봉안(납골)함의 수준을 결정할 때도 고인의 평소 삶에 비춰서 적절한 것을 선택해야 합니다. 고인이 청렴하고 검소한 분이었는데, 화려한 수의나 관, 그리고 진공으로 되어 있어 값비싼 봉안함 같은 것을 써서 비용을 많이 지출한다면 적절하지 않을 것입니다. 이런 장례 물품들을 어느 수준으로 해야 고인을 제대로 추모할 수 있을지에 대해서도 우리는 깊이 생각해야 합니다. 특히 고인을 화장한다면 비싼 수의나 관을 쓰는 것은 무의미한 일 아니겠습니까? 삼일장의 경우 이틀 동안만 쓰게 되니 말입니다.

수의나 관에도 과다하게 지출하지 말아야

수의 이야기가 나온 김에 잠시 이 '옷'에 대해 생각해보아야겠습니다. 현재 한국인들은 삼베 수의를 많이 쓰고 있습니다. 그런데 요즈음 서서히 이 삼베 수의를 쓰지 말자는 의견이 나오고 있습니다. 그 이유로는 일단 이것이 전통이 아니라는 겁니다. 일제기에 당국이 억지로 강요한 것이라는 이야기지요. 이렇게 생각하는 데에는 나름의 근거가 있습니다.

삼베옷은 원래 남자 상주들이 입던 옷 아닙니까? 그것을 난데없이 고인이 입게 된 이유는 일제가 악의적으로 강요했기 때문이라는 것입니다. 한국인은 원래 전통적으로 비단이나 명주, 무명 등으로 수의를 만들었는데 일제가 이렇게 바꾸었다는 것이지요. 남자 상주들이 입던 이 삼베옷은 자신들이 부모를 죽게 한 죄인이라는 의미에서 입던 것입니다. 일제는 이 '죄인' 개념을 고인에게 적용시켜 고인까지 죄인처럼 만들어버렸다는 설이 있습니다. 이것이 정확히 밝혀진 이야기는 아니지만, 어떻든 이런 이유 때문에 삼베 수의를 버리고 원래 우리의 전통으로 돌아가자고 주장하는 사람도 있습니다. 다시 비단 같은 것으로 수의를 만들자는 것이지요.

물론 그렇게 원래의 전통으로 돌아가는 것도 좋겠습니다만, 이번 기회에 수의에 대한 발상 자체를 바꾸는 것은 어떨까 싶습니다. 그러니까 수의를 꼭 새 옷으로 장만하지 말고 고인이 생전에 좋아하던 옷을 가져다 쓰면 좋지 않겠는가 하는 것이지요. 고인이 마지막 가는 길이니 새 옷을 지어드리자는 생각도 좋지만, 한 번 더 생각하면 고인에게 익숙하지 않은 새 옷을 입히는 것보다 생전에 즐겨 입던 옷을 입혀드리는 게 더 낫지 않겠느냐는 것입니다. 그러는 게 쓸데없는 낭비도 줄이고 고인을 편안하게 해드리는 것 아닌가 싶습니다.

만일 이 의견에 따른다면, 한 가지 유의해야 할 점이 있습니다. 좀 큰 옷을 준비해야 한다는 겁니다. 시신은 굳어 있기 때문에 옷을 입히기가 쉽지 않다고 합니다.

이런 생각은 현재 소수의 사람들이 이미 실행에 옮기고 있습니다. 여러분도 합리적으로 잘 생각해보시기 바랍니다. 잊기 전에 한 말씀 더 드리면, 평상시의 옷을 수의로 쓰는 경우 이왕이면 화학섬유가 아니라 면으로 된 옷이 좋겠지요. 게다가 화장을 할 경우에는 더더욱 면 소재 옷을 써야 할 겁니다.

관도 그렇습니다. 관에도 여러 종류가 있으니 어떤 관을 어떻게 써야 할지 잘 생각해보시기 바랍니다. 매장할 때에는 관을 신중하게 골라야 하겠지만 화장할 때는 관이라는 게 그다지 의미가 없습니다. 그래서 화장용 관은 따로 있습니다. 값이 저렴하지요. 관은 보통 나무로 만들지만 종이로 만든 아주 저렴한 관도 있습니다. 화장을 한다면 관을 사용하는 날은 이틀에 불과합니다. 입관식을 한 다음 날 화장을 하니 말입니다. 시간으로 따지면 하루도 채 안 됩니다. 그 짧은 시간 동안 쓰는 관에 많은 돈을 들일 필요가 있을까요?

이런 이유 때문에 법정 스님은 관을 쓰지 말라고 했습니다. 자신은 어차피 불가의 전통에 따라 화장될 터이니 아예 관을 쓰지 말라고 한 것이지요. 그런데 매장을 해도 어차피 관은 다 썩어서 없어집니다. 향냄새가 나는 좋은 관을 써도 결국 다 썩습니다. 그래서 비싼 관을 쓸 필요가 없다고 하는 겁니다. 매장을 할 경우에는 값이 문제가 아니라 시신과 더불어 잘 썩을 수 있는 관을 고르는 게 더 합리적입니다.

이런 여러 가지 결정에 직면했을 때, 어떤 것을 선택해야 고인을 제대로 추모할 수 있을지, 고인의 생각과 삶을 한 번 더 고려해보고 실행에 옮기는 것이 바람직합니다.

다시 말해, 만일 고인이 지금 이 장례식장에 있다면 그분을 위해 우리가 무엇을 어떻게 해야 할지, 우리가 어떤 선택을 해야 그분이 가장 좋아할지를 진지하게 생각해보라는 것입니다.

앞에서도 잠깐 이야기했지만, 우리 장례식장에서는 고인을 진정으로 추모하는 모습이 그다지 눈에 띄지 않습니다. 장례식의 주인공은 고인인데 고인의 자리가 없습니다. 문상객들은 하나같이 자기들끼리 모여앉아 잡담만 하다 떠납니다. 그래서 적어도 기본적인 일은 하면 좋겠습니다. 장례식장에 고인에 관한 영상을 틀어놓거나 유품을 전시하는 등 고인을 다시 한 번 생각하게 하는 일 말입니다. 영상이나 유품을 보면 문상객들 역시 적어도 한 번은 고인을 생각하고 추모하는 마음을 갖지 않겠습니까. 이처럼 고인을 장례식장의 주인공으로 만드는 일에 대해 한번쯤 생각해보면 좋겠습니다.

끝으로 한 말씀 더 드리자면, 영능력자들이 이 장례식에 대해 재미있는 증언을 하고 있습니다. 그들에 따르면 고인이, 정확히 말하면 고인의 혼이 자신의 장례식장에 온다고 합니다. 국내에도 번역된 《어스바운드》라는 책이 있습니다. '어스바운드earthbound'란 죽었지만 문제가 있어 영계에 가지 못한 영들을 말합니다. 이 책의 저자인 영능력자 메리 앤 윈코우스키Mary Ann Winkowski도 대부분의 영혼들이 자신의 장례식에 온다고 주장하고 있습니다. 만일 이것이 사실이라면, 우리는 고인의 영혼이 자신의 장례식장에 왔을 때 실망하지 않도록 그의 뜻에 맞는 장례를 준비해야겠습니다.

5장   사별의 슬픔을
         극복하는
         문제에 대해

이제 마지막 단계입니다. 고인도 가고 장례식도 끝났습니다. 삼우제三虞祭까지 다 마쳤습니다. 유족들은 다시 일상으로 돌아와야 합니다. 그동안 장례를 치르느라 경황이 없어 고인을 잃은 슬픔을 제대로 느끼지 못했습니다. 일상으로 돌아와 혼자 있는 시간이 생기니 그제야 서서히 고인을 잃은 슬픔이 가슴으로부터 북받쳐올라옵니다. 고인이 보고 싶어 자꾸 눈물이 나고, 삶이 허망하기도 하고, 사는 게 너무 외롭습니다. 고인이 없는 삶을 어떻게 살아가야 할지 막막합니다. 이제 가족들이 사별의 슬픔을 겪는 단계에 들어간 것입니다.

사실 이 사별의 슬픔 문제는 임종 준비에 속하는 주제는 아닙니다. 그렇지 않습니까, 임종 준비는 주로 고인이 하는 것이지만, 이 사별의 슬픔은 고인이 간 뒤에 오롯이 가족들이 해결해야 할 문제입니다. 그러나 고인의 임종으로 인한 문제이고, 가족들에게는 대단히 중대한 문제입니다. 고인을 존엄하게 잘 보내는 것도 중요하지만, 남은 가족들이 슬픔을 극복하고 다시 일상생활로 돌아가는 것도 아주 중요한 문제입니다.

사별에는 여러 종류가 있겠지만, 우리에게 가장 중요한 사별은 대체로 세 가지 정도입니다. 부모와의 사별과 부부의 사별, 그리고 자식과의 사별입니다. 물론 조부모와의 사별도 있고 가까운 친척이나 친구와의 사별도 있습니다. 심지어는 반려동물과의 사별도 있지요. 이 중 앞의 세 관계는 우리에게 가장 중요하기 때문에, 이들과 사별하게 되면 우리는 몹시 힘들어합니다.

여기서 염두에 두어야 할 것은, 사별에 따르는 고통이나 슬픔은 고인이 어떤 죽음을 맞이했느냐에 따라 달라진다는 것입니다. 그렇습니다. 고인이 말기 질환으로 천천히 죽음을 맞이한 경우와 자살로 생을 마감한 경우, 유가족들이 겪는 사별의 고통은 매우 다릅니다. 사고로 갑자기 세상을 떠난 경우 역시 다릅니다. 사고도 어떤 사고냐에 따라 유족의 슬픔이 또 달라집니다. 천재지변으로 죽은 경우와 교통사고 같은 단순한 사고로 죽은 경우, 유족들이 느끼는 슬픔은 다를 수밖에 없겠지요. 여기서 이런 다양한 사별의 슬픔을 전부 다룰 수는 없습니다. 몇 가지 일반적인 경우를 추려서 사별의 슬픔과 그 대처 방법을 살펴보겠습니다.

사별했을 때 느끼는 슬픔의 양상에 대해

먼저 부모와 사별했을 때 느끼는 슬픔입니다. 사람마다 다르겠지만 대체로 이렇게 나타나지 않을까 싶습니다.

나를 그렇게 사랑해주시던 아빠가 이 세상에 안 계신다고 생각하면 가슴이 미어집니다. 나를 아무 조건 없이 사랑해주던, 어떤 상황에서도 나를 버리지 않을, 항상 내 편이 되어주었던 아빠가 안 계시니 세상이 그렇게 삭막할 수 없습니다. 나에게 무슨 일이 생겨도 언제든지 의지할

수 있는 유일한 분인 아빠가 떠나셨다고 생각하니 두려움
마저 듭니다. 아빠가 계셨기에 나는 힘든 세상살이를 견
뎌왔습니다. 그런데 이제부터는 아빠 없이 나 혼자 헤쳐
나가야 한다니 그저 막막합니다. 아빠가 살아 계실 때에
는 그저 쉬운 존재로 생각했는데, 막상 안 계시니 얼마나
큰 존재였는지 모르겠습니다. 그리고 이내 아빠에게 잘
할걸 하는 회오悔悟의 마음이 북받쳐오릅니다. 아빠에게
그렇게 미안할 수가 없습니다.

부부간의 사별도 마찬가지입니다.

부모가 떠난 후 죽을 때까지 의지할 수 있는 사람은 아
내(남편)뿐이었습니다. 그런 아내가 속절없이 세상을 떠났
습니다. 싸우기도 많이 했지만 모든 것을 같이했던 사람
입니다. 아내는 늘 내 곁에서 보이지 않게 나를 도와주었
습니다. 아내가 살아 있을 때에는 그 존재의 귀중함을 몰
랐는데, 이제 떠나고 보니 상실감에서 생기는 구멍이 엄
청나게 커 놀랐습니다.

잘 때에도 침대에는 항상 아내가 있었습니다. 나는 늘
아내 옆에서 잠들었지요. 그런데 이제부터는 혼자 자야
합니다. 아내 없는 침대에서 자는 것도 힘들지만 아침에

일어났을 때 내 옆에 아무도 없다는 게 믿기지 않습니다. 혹시나 하고 거실로 나가보지만 아침밥을 준비하는 아내는 없습니다. 부엌에도 아무도 없습니다. 정말 아내가 죽은 건지, 어디에 살아 있는 것은 아닌지 하는 의심마저 듭니다. 생전에 아내와 싸우면서 원망도 많이 했지만 그 아내가 그렇게 소중한 사람인지 이제야 알았습니다. 아무리 울어도, 아무리 술을 마셔도 아내는 없습니다. 남은 생애를 어떻게 혼자 살아갈지 막막하기만 합니다.

자식 잃은 슬픔은 이보다 더하다고 합니다.

사람들은 흔히 자식이 죽으면 가슴에 묻는다고 하는데, 그때는 그 말을 건성으로 들었습니다. 그런데 딸이 먼저 저세상으로 가니 세상에서 이보다 더 가슴에 와닿는 말이 없습니다. 아버지를 잃은 슬픔이나 남편을 잃은 슬픔과 많이 다릅니다. 딸은 내 분신이었기에 내가 죽은 것 같습니다. 아무리 울어도 슬픔이 가시지 않습니다. 시간이 아무리 흘러도 딸아이가 잊히지 않습니다. 혼자 운전을 하다가도 눈물이 그냥 흐릅니다. 차를 세워놓고 운전대를 붙잡고 소리 내어 울어보지만 마음이 달래지지 않습니다. 보고 싶은 마음을 누를 길이 없습니다.

딸이 없는 집은 이전과 똑같습니다. 아침이 되면 딸이 방문을 열고 "엄마, 밥 줘. 학교 가야 돼"라는 말과 함께 거실로 나올 것만 같습니다. 딸아이가 있는 것 같아서 아이의 방문을 자꾸 열어봅니다. 머리로는 딸이 없는 것을 아는데, 그래도 혹시 있을지 모른다는 생각이 자꾸 듭니다. 방문을 열고 들어가 보면, 물론 딸은 없습니다. 방 안에는 딸의 물건들이 고스란히 있습니다. 그 물건들을 보니 그리움이 사무칩니다.

오후 6시쯤 되면 딸아이가 현관문을 열고 "다녀왔습니다"라고 큰 소리로 인사하면서 들어올 것만 같습니다. 그러나 오후 내내 기다려보아도 딸아이는 돌아오지 않습니다. 내 딸은 지금 어디 있는 걸까요? 나는 이 집에서 더는 못 살 것 같습니다. 어디를 보아도 딸아이와 연관되지 않은 공간이 없습니다. 딸아이가 너무 생각나 아무래도 이사를 가야겠습니다. 그래야 잠시라도 딸아이를 잊을 수 있을 것 같습니다. 딸을 잊기는 싫지만 내가 너무 힘드니 잠시라도 잊고 싶은 마음입니다. 그러나 그것도 아주 잠시일 뿐입니다.

사별 때문에 겪는 슬픔에 무심한 한국인들

앞의 내용은 각각의 사별의 슬픔을 본 것인데, 여기서 또 주의 깊게 보아야 할 것은 그 슬픔을 겪는 기간입니다. 대상마다 다르기 때문입니다. 그 기간을 평균 잡아 이야기할 때, 부모를 잃어 슬픈 기간은 1년, 배우자는 3년, 자식은 평생이라고 합니다. 이것은 물론 일반적인 이야기일 뿐, 모든 사람이 다 그렇다는 것은 아닙니다. 개인마다 편차가 크겠지만, 굳이 길고 짧은 것을 따지자면 저 순서가 맞지 않을까 싶습니다.

이제 사별의 각 단계에 대해서 볼 텐데, 그 전에 이 사별 문제에 대해 한국인들이 얼마나 무심한지 이야기해볼까 합니다. 사별의 슬픔은 대단히 중요한 주제입니다. 죽음학 교과서에서도 이 주제를 아주 중요하게 다루고 있습니다. 당연한 일이겠지요. 고인은 떠났으니 더 이상 문제될 게 없습니다. 그러나 고인을 잃은 사람들이 겪는 고통과 슬픔은 이제부터 시작입니다.

어떤 관계에서든 사별의 슬픔은 몹시 깊은데, 앞에서 언급한 것처럼 자식을 잃은 슬픔은 극복하기가 매우 어렵습니다. 이 이야기를 할 때 제가 많이 드는 예가 있습니다. 1990년대에 성수대교가 무너진 불행한 사건이 있었죠? 그때 같은 버스를 타고 등교하던 여학생이 여러 명 참변을 당해 유명을 달리했습니다. 그런데 그 가운데 한 학생의 아버지가 몇 년 뒤에 결국 자살을 했다는 이야기를 들었습니다. 자식과의 사별의 슬픔을 끝내 이기지 못하고 자살이라는 극단적인 선택을 한 것입니다. 사별의 슬픔이 이런 것입니다. 극복하기가 이렇게 힘듭니다.

문제는 지금 우리나라에는 이런 분들이 도움을 받을 만한 기관이나 사람이 그리 많지 않다는 것입니다. 몇몇 병원에 설치된 호스피스 완화의료센터에서는 말기 질환으로 가족을 잃은 사람들을 대상으로 사별을 극복하는 프로그램을 진행하고 있습니다. 그런데 이 프로그램에는 그 병원에서 죽은 환자의 가족만 참가할 수 있습니다. 게다가 같은 병원에서 죽은 사람일지라도 사고로 죽은 사람의 가족들은 제외되니, 매우 제한적이라고 할 수 있습니다.

그리고 소수의 단체에서 애도(사별) 상담 전문가를 양성하는 프로그램을 진행하고 있습니다만, 우리 사회의 대다수 구성원은 이런 프로그램에서 소외되어 있습니다. 그러니까 한국인들은 뜻하지 않은 질병이나 사고로 사랑하는 가족을 잃었을 때 도움을 청할 곳이 별로 없다고 할 수 있습니다. 그래서 어쩔 수 없이 혼자서 혹은 가족들끼리만 그 슬픔과 고통을 감내하고 있습니다. 어디에 있는 누구에게 도움을 청해야 할지, 그에 대한 정보를 찾기가 쉽지 않습니다.

사고나 자살로 인한 사별의 슬픔은?

부모님이나 배우자가 오랜 투병 끝에 돌아가신 경우에는 가족들이 그 슬픔을 극복하는 데 그래도 어느 정도의 여유가 있습니다. 그에 비해 갑작스러운 사고나 자살 등으로 사랑하는 가족을 잃게 되면 그 슬픔은 정말로 감당하기가 힘듭니다. 예를 들어 아들(딸)이 자살한 가족을 보면, 이들은 사별의 슬픔만 겪는 것이 아닙니다. 가족이 와해되는 등 다른 부정적인 일들도 함께 겪게 되는 경우가 많습니다. 그래서 부모에게 자녀의 자살은 마치 형벌과 같다고 하는 분도 있더군요. 사는 데에 아무런 의욕도, 목

표도 생기지 않으니 그렇게 말할 만합니다.

그뿐만이 아닙니다. 아들이 자살하게끔 방치했다는 죄책감, 혹은 자살을 막지 못했다는 무력감 등으로 자신이나 가족에 대한 분노를 더 키울 수 있습니다. 더러는 이웃사람들이 "아들이 자살한 걸 보면 무언가 잘못된 집일 것"이라는 등의 편견을 갖는 경우도 있다고 합니다. 물론 대놓고 그런 표현을 하는 것은 아니지만, 알게 모르게 그런 느낌이 온다고 하더군요.

거기서 끝나는 게 아닙니다. 자녀의 자살을 겪은 가족들은 이런 일을 겪지 않은 가족들에 비해 우울증에 걸릴 확률이나 자살을 감행할 위험이 7~8배에 이르는 것으로 보고되어 있습니다. 그렇지 않겠습니까, 하나밖에 없는 그 귀한 아들이 자살로 생을 마감했으니 부모로서 살고 싶은 생각이 들겠습니까? 그러니 당연히 우울해지고, 그런 와중에 차라리 나도 아들처럼 자살을 해서라도 아들을 만나야겠다는 생각이 들기도 하겠지요.

게다가 만일 아들이 죽은 원인을 가지고 부부가 서로에게 탓을 하기 시작하면 부부관계가 걷잡을 수 없이 나빠질 수 있습니다. 다음 이야기는 일본에서 '삶과 죽음을 생각하는 회'를 최초로 만들어 죽음학 돌풍을 일으켰던 데 켄Alfons Deeken 신부께 직접 들은 것입니다. 어떤 집의 아들이 아버지에게 자동차 열쇠를 빌려 차를 몰고 나갔다가 사고를 당해 그만 사망했습니다. 그 뒤에 이 집안은 어떻게 되었을까요? 처음에는 부부가 아예 서로 말을 하지 않았답니다. 슬픔이 너무 크니까 울 생각조차 나지 않고 감정이 먹먹해져 말을 하고 싶지도 않았던 것이지요. 항상 자기들 곁에 있던 아들이 없어졌는데 무슨 이야기를 나누고 싶겠습니까?

그런데 마음 안에서는 무의식적으로 상대방에 대한 분노가 자라고 있었던 모양입니다. 이런 큰일을 당하면 우리 인간은 너무 힘든 나머지 일단 다른 사람 탓을 하게 됩니다. 이 사고가 내 탓이 아니라 당신 때문에 났다고 하면 자신은 조금은 편해지기 때문입니다. 이런 일이 이 부부 사이에 벌어졌습니다. 서로 신경전을 벌이다 아내가 먼저 남편에게 "왜 당신은 아이한테 자동차 열쇠를 줬어? 열쇠만 안 줬으면 우리 아들이 변을 당하지 않았을 텐데" 하면서 따지듯 물었습니다. 그러자 남편은 "그게 왜 내 잘못이야? 당신은 뭘 잘했다고 그래?" 하면서 맞받아쳤습니다.

서로에게 쌓아두었던 분노가 폭발한 것입니다.

그렇게 싸우다 부부는 감정을 주체하지 못하고 결국 이혼하게 되었습니다. 아들의 사고는 본인의 죽음으로 끝나지 않고 이처럼 온 가족을 산산조각 냈습니다. 그래서 자식이 자살이나 사고로 죽으면 형벌을 받고 있는 것 같다는 말을 하게 되는 것입니다.

어떻게 하면 이런 참변을 피할 수 있을까요? 인간에게는 고통이 닥쳐오기도 하지만 그것을 해결할 방도도 있는 법입니다. 답은 간단합니다. 이런 가족은 가능한 한 빨리 상담을 받아야 합니다. 그러면 얼마든지 그 고통에서 벗어날 수 있습니다. 이때 가장 좋은 것은 같은 일을 당한 사람들과 만나는 것입니다. 그러니까 자식이 자살을 했으면 그런 일을 겪은 부모를 만나고, 자식이 사고로 죽었다면 또 같은 상황에 있는 부모를 만나 서로 이야기를 나누고 슬픔을 나누어야 합니다.

일본에는 이런 모임이 꽤 있다고 합니다. 여기에 나오라고 하면 처음에는 대부분 "거기 간다고 죽은 내 아들이 살아오겠어?" 하면서 퉁명스럽게 거절한다고 합니다. 그러나 거듭된 요청에 할 수 없이 모임에 나오게 되는데, 처음에는 그냥 앉아 있기만 합니다. 팔짱을 끼고 '당신들 마음대로 지껄여봐. 내가 바뀔 것 같아? 당신들이 이 가슴 찢어지는 듯한 내 슬픔을 알아?' 하는 마음으로 방관하는 것이지요.

그러나 귀는 듣고 있습니다. 이런 모임에서는 참가자들이 돌아가면서 자기 경험을 말합니다. 이 아버지가 어쩔 수 없이 그 이야기들을 들어보니, 모두 자신과 같은 경험을 한 부모들이었습니다. 모두가 절절한 슬픔을 안고 있는 사람들이었습니다. 그래서 그들의 말에 동감하지 않을 수 없었습니다. 그는 자기도 모르게 팔짱을 풀고 그들의 말을 경청하기 시작했습니다. 가슴 깊이 공감하면서 그들과 하나가 되는 느낌을 받았습니다. 마침내 치유가 시작된 것이지요. 조금 지나면 이 아버지 역시 자신의 경험을 이야기하기 시작합니다. 그렇게 정기적으로 그들을 만나고 슬픔을 나눌 뿐만 아니라, 그곳에서 제공하는 다른 프로그램에도 참여하면서 마음을 가다듬으면 서서히 치유가 됩니다.

그런데 이런 모임에는 반드시 상담 전문가가 있어야 합니다. 이끌어줄 사람이 필요한 것이지요. 일본의 경우에는 물론 사별체험이 없는 사람도 전문가로 참여할 수 있지만, 같은 경험을 한 사람이 모임을 이끄는 경우가 많다고 하더군요. 그런데 조건이 있답니다. 사고를 당하고 적어도 1년 동안은 이 모임에서 확실하게 치유를 받아야 한다고 합니다. 그 후에 좀 더 전문적인 훈련을 받으면 이런 모임을 이끌 수 있는 자격이 주어진답니다. 이것은 상당히 치유된 사람만이 이 일을 할 수 있는 능력이 생기기 때문입니다. 게다가 이런 분들은 같은 체험을 했기 때문에 상대방과 공감할 수 있는 능력이 훨씬 뛰어나겠지요.

한국에서 사별의 슬픔을 치유하려면?

그러면 우리나라의 상황은 어떨까요? 이런 모임이나 상담 전문가가 제대로 있을까요? 물론 우리나라에도 '삶과 죽음을 생각하는 회' 같은 단체에서 애도(사별) 전문 상담가를 양성하고 있습니다. 그리고 여러 가지 사고나 병으로 타계한 사람들의 가족 모임도 있더군요. 인터넷에서 검색해보니, 심지어는 '살해 피해자 가족 모임' 같은 것도 있었습니다. 또 복지부가 전국에 세운 '정신건강증진센터'에서도 이런 상담을 해주고 있습니다. 이 센터에서는 특히 자살자 유족들을 상담해줄 뿐만 아니라, 사람들이 스스로 이런 가족 모임(그쪽에서는 자조自助 모임이라고 부릅니다)을 만들면 지원을 해준다고 합니다.

또 자살의 경우에는 '중앙자살예방센터' 같은 기관이 있어서 자살을 예방할 뿐만 아니라 자살 사별자의 모임을 지원하고 있습니다. 그리고 자살을 방지하겠다는 취지로 만들어진 단체들이 여럿 있으니 찾아보고 도움을 청하면 됩니다.

그런가 하면 자살자 유족들의 글을 모아 만든 책을 읽어보는 것도 위안을 받을 수 있는 좋은 방법입니다. 《어떻게들 살고 계십니까》라는 책은 정부(복지부와 중앙자살예방센터)에서 만들었기 때문에 무료로 볼 수 있습니다. 단 전자책으로만 제공되는데, 아무 인터넷서점이나 들어가면 무료로 다운받을 수 있습니다. 자살자 유족이 아니더라도 사별의 슬픔에 관심 있는 분들은 한번 읽어보면 좋을 것 같습니다. 유족들이 얼마나 힘들어하는지 알 수 있으니까요. 저도 이 책을 읽으면서 눈물이 흐르는 것을 막을 수 없었습니다.

이런 책을 보면 자살에 대해 새롭게 이해할 수 있을 뿐만 아니라, 동시에 자살이 얼마나 나쁜지에 대해서도 깨닫게 됩니다. 물론 자살을 택한 본인도 몹시 힘들었겠지요. 얼마나 사는 게 힘들었으면 스스로를 죽였겠습니까? 그러나 가족들의 고통 역시 상상을 초월합니다. 본인은 자살을 함으로써 한번에 일을 해결했는지 모르지만(물론 본인에게도 자살은 전혀 문제해결책이 되지 못합니다), 그 뒤에 남은 가족들은 흡사 지옥에 떨어진 것처럼 수많은 날을 괴로움 속에서 살아가야 합니다.

자살을 하는 사람은 자신의 자살이 어떤 영향을 미치는지 잘 모르는 것 같습니다. 자신의 자살이 가족들에게 어떤 영향을 끼칠지 안다면 쉽사리 자살할 생각을 하지 못할 것입니다. 그래서 자살을 하려는 사람들에게 당신이 진짜 자살을 한 후에 당신의 가족들이 얼마나 괴로워할지 자세하게 알려주면 자살을 포기하는 경우가 많다고 들었습니다.

앞에서 언급한 기관이나 모임들이 많은 일을 하고 있지만, 우리 사회는 아직도 사별자들에 대한 배려가 약한 것이 사실입니다. 사회 전반에 이 문제에 대한 이해가 제대로 형성되어 있지 않습니다. 한 해에도 얼마나 많은 사람이 질병과 사고, 그리고 자살 등으로 죽습니까? 주위를 둘러보면 우리 주변에 이런 사람이 없는 가족을 찾기가 더 어렵습니다. 지인들과 이야기를 나누다 보면 집집마다 슬픈 사연이 있습니다. 그러니까 누구든 사별의 고통을 안고 산다고 봐야겠지요.

그런데 이런 분들이 적극적으로 나서서 스스로를 치유할 수 있는 기회를 찾기가 쉽지 않습니다. 그런 일을 맡아서 하는 기관이나 모임도 많이 부족하고요. 그런 까닭에 대부분 혼자 그 큰 슬픔을 가슴에 안고 살아갑니다. 그래서 저는 "사별의 고통에 관한 한 한국인들은 사회로부터 적절한 보호나 배려를 받지 못하고 혼자 내버려져 있다"고 말합니다. 이분들의 고통은 우리가 조금만 신경 쓰면 많이 줄일 수 있습니다. 우리가 좀 더 이런 분들의 고통을 이해하려고 노력한다면, 이분들은 지금보다 훨씬 쉽게 자신의 마음을 치유하고 건강한 일상생활로 돌아올 수 있을 것입니다.

영화 〈밀양〉에 나타난 오류,
사별 과정과 관련하여

이 부분을 마치면서 한 가지 여담을 해볼까 합니다. 〈밀양〉이라는 영화와 관련된 이야기입니다. 이 영화는 전도연 씨가 칸영화제에서 여우주연상을 받은 작품으로 유명하지요. 영화를 본 분은 다 아시겠지만, 이 영화의 주된 주제 중 하나가 바로 아들과의 사별 문제입니다. 그런데 영화는 이 주제를 다루면서 몇 가지 이해하기 힘든 설정을 합니다. 아시다시피 주인공의 아들은 유괴되어 죽임을 당합니다. 문제가 되는 것은 그다음입니다. 영화를 보면 주인공은 밀양에서 작은 피아노학원을 운영합니다. 그런데 아들이 유괴되어 죽은 후 채 며칠도 지나지 않아서 피아노 레슨을 재개합니다. 그것도 아들과 같이 살던 그 집에서 말입니다.

제 상식으로는 이해가 안 되는 이야기입니다. 어린 아들이 죽으면 부모, 그중에서도 특히 어머니는 아무 일도 못합니다. 슬픔이 너무 커서, 아들이 죽었다는 현실을 받아들이기 힘들어서 일상생활을 전혀 할 수 없습니다. 그런데 어떻게 이 영화의 주인공처럼 피아노를 가르칠 수 있겠습니까? 죽은 아들이 사무치게 보고 싶어 외롭고 우울하기 짝이 없는데 일이 손에 잡히겠습니까? 잠도 못 자는데 무슨 일을 합니까? 이때에는 그저 연명하는 것이지 사는 게 아닙니다. 자살이라도 해서 아들을 따라가고 싶은 마음이 굴뚝같습니다. 그래서 앞에서도 살펴본 것처럼, 자녀와 사별한 부모가 자살 충동을 느끼는 경우가 많은 것입니다.

그리고 그렇게 아들이 죽으면 그 가족은 대부분 그 집에서 살 수 없습니다. 많은 경우 이사를 가지요. 아들이 자기 방에서 나올 것 같고, 현관문을 열고 들어올 것만 같은데, 끝까지 나타나지 않으니 미치는 겁니다. 아들 방은 물론이고 집 안 어디를 보아도 아들의 흔적이 없는 공간이 없습니다. 그러니 견딜 수가 없습니다. 그래서 이사를 가지 않고는 배기지 못하는 것입니다.

게다가 이 영화의 주인공은 남편 없이 아들 하나만 키우다 사고를 당했습니다. 이제 그야말로 혼자 남겨진 건데, 이런 경우에는 사별의 슬픔을 극복하기가 훨씬 더 어렵습니다. 배우자라도 있으면 서로 의지하면서 슬픔을 눅일 텐데, 이렇게 혼자 있으면 슬픔이 더 깊어질 뿐입니다. 혼자 있으면 밀려오는 슬픔과 고독 때문에 미쳐버릴 것만 같습니다. 그런데 영화에서는 주인공이 계속해서 그 집에 사는 것으로 나옵니다.

이렇듯 이 영화는 가장 기본적인 부분에서 비상식적으로 이야기를 풀어갑니다. 저는 공연히 이 영화의 오류를 지적하려는 것이 아닙니다. 이 사실을 통해 한국 사회의 실상을 말하고 싶을 뿐입니다. 이처럼 훌륭한 영화에서 왜 이런 이해하기 어려운 설정을 했을까요? 저는 감독이나 각색을 한 작가가 인간의 죽음에 대해 제대로 이해하지 못했기 때문이라고 생각합니다. 자식과의 사별에 대해 좀 더 깊이 들여다보았다면 이런 실수는 충분히 피할 수 있지 않았을까요. 나아가 한국 사회가 전반적으로 이런 주제에 대해 무지하고 관심이 없기 때문에 이렇게 훌륭한 영화에서조차 실수가 나오는 것 아닐까요.

제가 이 영화를 빗대서 말하고 싶은 것은, 영화의 완성도가 떨어진다는 것이 아니라, 한국인들이 인간의 죽음을 다루는 자세가 아직 일천하다는 것입니다. 특히 사별 혹은 애도의 문제에 대해서는 더 무지한 것 같습니다. 만일

이 주제에 대해 한국 사회가 일반적인 이해만이라도 갖고 있었다면 이 장면은 수정됐을 것입니다. 작가든 감독이든 누군가 이의를 제기했겠지요. 이 영화뿐만 아니라 한국에서는 아직 인간의 죽음을 심도 있게 다룬 작품을 만나기가 어려운 것 같습니다.

이 정도면 사별에 대해 서론적인 이야기는 다 마친 것 같습니다. 지금부터는 본격적으로 사별의 슬픔과 그 극복 방법에 대해 살펴보려고 합니다. 사별은 꽤 오랫동안 진행되는 과정이라, 몇 단계로 나눌 수 있습니다. 이 사별 과정은 마지막 단계를 거쳐 반드시 벗어나야 합니다. 그래야 우리가 사별의 슬픔을 극복하고 일상생활로 복귀할 수 있습니다. 그러려면 자신이 현재 어떤 단계에 있는지 정확히 알아야 합니다. 만일 마지막 단계로 가지 못하고 계속해서 아래 단계에 머물러 있으면 본인이 아주 힘들어집니다. 그럴 때에는 전문가의 도움이 필요할 수 있는데, 이런 판단은 자신이 어느 단계에 있는지를 알 때 가능합니다. 그래서 우리가 사별의 전체 단계를 알고 있어야 하는 것입니다.

사별의 단계에 대해

저는 여기서 일반적으로 '사별'이라는 단어를 썼지만, 사실 미국 학자들은 이 사별을 개념적으로 셋으로 나눕니다. 차례로 '상실bereavement', '비탄grief', 그리고 '애도 과정mourning'입니다. 여기서 우선 상실은 망자를 잃는 순간에 겪는 상실감을 말합니다. 그러니까 사랑하는 사람과 사별하고 겪는 일차적인 반응이라고 할 수 있겠지요. 그다음 비탄은 상실 때문에 생기는 육체적 혹은 심리적 반응을 의미합니다. 비탄에는 슬픔이나 고통은 말할 것도 없고 연민, 분노, 짧은 호흡, 목 졸림, 공복감, 불면 등의 반응이 포함될 수 있으며, 심지어는 종교에 대한 관심도 여기에 속합니다. 그리고 애도 과정은 이런 모든 것을 극복하고 다시 통합하는 과정이라고 할 수 있습니다. 사별을 겪은 사람들은 이를 다 거친 뒤 일상으로 돌아가게 되는데, 전체적으로 몇 개월 내지 몇 년이 걸리기도 하는 긴 과정입니다.

자, 이만큼만 봐도 꽤 복잡하지요? 사별의 과정을 개념적으로 구분해 셋으로 나눈 것인데, 사실 이런 것들은 따지기 좋아하는 학자들이나 연구할 일입니다. 제 생각에 우리 일반인들은 이렇게 복잡하게 볼 필요 없이, 사별 혹은 사별 과정이라는 간단한 개념으로 보아도 문제없겠습니다. 학자들이 연구한 것을 따라가려면 공연히 머리가 복잡해집니다. 우리는 사별의 과정이 어떻게 진행되는지 아는 것만으로 충분합니다.

그런데 구분하기 좋아하는 학자들은 이 과정을 다시 몇 단계로 나누었습니다. 학자들마다 그 나눈 단계가 조금씩 다릅니다. 어떤 학자는 3단계 혹은 4단계로 나누고, 또 어떤 학자는 12단계로 나누는 등 학자들이 주장하는 단계의 수가 다양합니다. 여기서는 조금 자세하게 보기 위해 사별의 단계를 10단계로 설정하고 설명을 해보겠습니다. 10단계라고 하지만 크게 보면 세 과정으로 묶을 수 있습니다. 일단 세 과정으로 묶고 그 안에서 10개의 단계로 구분해보겠습니다.

사실 이렇게 10단계를 제시하지만, 이 단계를 밟아나가는 데는 개인마다 편차가 있을 수 있습니다. 여기서 우선 말해둘 수 있는 것은, 사람들이 이 단계들을 반드시 차례대로 거치지는 않는다는 것입니다. 어떤 사람은 2~3단계를 같이 겪을 수도 있고, 또 어떤 사람은 2~3단계를 건너뛸 수도 있습니다. 그다음으로는 사별을 겪은 사람들이 이 단계를 모두 동일한 순서로 밟는 것이 아니라는 점도 분명히 밝혀두어야겠습니다. 어떤 사람은 단계들을 중복해서 거칠 수도 있고, 또 어떤 사람은 이미 겪은 단계를 다시 돌아가서 경험할 수도 있습니다. 그리고 어떤 사람은 마지막 회복 단계에 이르지 못하고 계속해서 그 밑의 단계에 머물 수도 있습니다. 그러니까 다시 일상으로 돌아가지 못하고 계속해서 우울한 상태에 머물 수도 있다는 것입니다. 이런 여러 형태의 예외가 있다는 것을 염두에 두고 사별 과정을 보겠습니다.

충격과 부정: 1~3단계

1. 충격과 부정 무감각한 마비 상태

첫 번째 단계로, 고인이 사망했다는 소식을 접하고 처음으로 반응을 보이는 단계입니다. 물론 여기에는 전형적인 것들이 있지만, 이 반응들이 상황에 관계없이 모두 똑같은 모습으로 나타나는 것은 아닙니다. 예를 들어, 고인이 어떤 방식으로 사망했느냐에 따라 가족들이 보이는 반응이 조금씩 다를 수 있습니다. 그렇지 않겠습니까? 말기 질환으로 부모님이 돌아가셨을 때와 뜻하지 않은 사고로 자식을 잃었을 때의 반응이 서로 다른 것은 지극히 당연한 일 아닙니까? 당연히 후자의 경우에 훨씬 더 격한 반응을 보이겠지요. 그런 것을 감안하고 여기서는 가장 일반적인 반응에 대해서만 보겠습니다.

사람들이 이때 보이는 반응을 열거해볼까요. 세상에서 가장 가까운 사람의 사망 소식을 듣는 순간 그 충격으로 기절하는 사람도 있습니다. 우리 인간은 밖에서 감당하기 어려운 정신적인 충격이 가해지면 스스로 자신의 정신을 꺼버립니다. 의식을 '셧다운shutdown'시켜버리는 것이지요. 그 상태에서 우리는 무의식적으로 자신의 마음을 추스릅니다. 응급처치를 하는 것이지요. 그러다 그 충격을 감당할 만한 힘이 생기면 다시 정신을 깨웁니다.

졸도까지는 아닐지 몰라도 망연자실해지는 사람도 있습니다. 시쳇말로 정신줄을 놓고 멍해지는 것이지요. 정신에 공백을 만들어 이 엄청난 소식을 회피하는 것입니다. 정신에만 변화가 생기는 것이 아닙니다. 몸에도 변화가 생길 수 있습니다. 예를 들어, 이 충격적인 소식을 견뎌내지 못하면 구토 증세가 나타날 수 있습니다.

이와 동시에 이 단계에 처한 사람들은 도저히 믿을 수 없다면서 현실을 부정하는 말을 되뇌는 경우가 많습니다. 예를 들어서 "아니야, 아니야, 우리 엄마가 돌아가셨을 리 없어. 이건 사실이 아니야. 아마 꿈일 거야"와 같은 말을 반복적으로 하는 것입니다. 그렇지 않겠습니까, 하늘같이 믿고 의지했던 엄마가 죽었다는 소식은 누구라도 믿기 싫을 겁니다. 그래서 차라리 꿈일 것이라고 생각하는 겁니다.

이때 이런 반응을 보이는 것은 지극히 정상적일 뿐만 아니라, 더 나아가서 인간에게 반드시 필요한 과정이라는 사실을 잊어서는 안 되겠습니다. 이렇게 예기치 못한 슬픈 소식을 들었을 때 우리가 큰 충격을 받고 몸 상태가 바뀐다거나 부정하는 태도를 보이는 것은, 사실은 우리를 보호해주는 방어기제가 작동한 것이라고 할 수 있습니다. 감정을 솔직하게 드러냄으로써 감정에 충실한 태도라고 볼 수 있지요.

만일 이런 경우에 자신의 감정을 솔직하게 따르지 않고 억지로 슬픈 감정을 참으면 나중에 다른 식으로 폭발할지도 모릅니다. 슬플 때는 슬퍼해야 합니다. 그것도 마음 놓고 슬퍼해야 합니다. 이런 상황에서는 자신의 감정에 충실한 것이 가장 자기를 위하는 길입니다.

그러나 이 충격이 너무 강하고 그 기간이 길어지면 비정상적인 경우이니, 이럴 때는 전문가의 자문을 받아야 합니다. 앞에서 언급한 '정신건강증진센터' 같은 곳에서 상담을 받으면 되겠지요. 그곳의 서비스가 얼마나 좋은지는 잘 모르지만, 적절한 도움을 받을 수 있을 거라고 생각됩니다.

2. 감정의 분출

충격의 시간이 지나면 서서히 고인의 죽음을 현실로 받아들이는 단계로 들어가게 됩니다. 고인의 사망을 부정하거나 꿈으로 생각하는 것이 아니라 현실로 여기게 되는 것이지요. 이때에는 가족들이 통곡이나 깊은 탄식을 자주하게 됩니다. 고인을 잃은 슬픔과 함께 자신의 처지를 인식하면서 이런 식으로 자신을 표현하는 것이지요. 한국인들의 경우 '아이고' 같은 전형적인 곡소리를 내면서 깊은 비탄에 빠집니다.

사실 이 단계와 첫 번째 단계는 구분이 쉽지 않습니다. 왜냐하면 대부분의 경우 사람들은 1단계에서 보인 충격과 부정의 감정과, 2단계의 통곡을 번갈아가면서 겪기 때문입니다. 다시 말해, 첫 번째 단계에서 겪은 감정과 두 번째 단계에서 겪는 감정이 순차적으로 나타나는 것이 아니라, 이 감정들이 섞여서 반복되는 모습을 보인다는 것입니다. 그래서 장례 기간 동안 유족들은 문상객들과 환담하다 다시 영정 앞으로 가면 크게 울고, 그러다 또 문상객들에게 돌아오면 웃으면서 대화를 나눌 수 있는 것입니다. 이런 태도는 지극히 정상적인 것입니다. 유족들이 이렇게 어느 정도 여유를 보이는 것은 고인의 사망을 현실로 받아들였기 때문입니다. 이것이 1단계와는 다른 점이라고 하겠습니다.

3. 화火의 분출

다음은 자신이 고통에서 벗어나기 위해 고인의 사망을 남 탓으로 돌리는 단계입니다. 분노의 대상을 고르는 것이지요. 이것은 자신이 너무 힘든 나머지, 희생양을 골라 자신의 책임에서 조금이라도 벗어나려는 시도라고 볼 수 있습니다. 이 단계가 누구에게나 다 오는 것은 아닙니다. 다음과 같은 경우에는 이 단계를 지나칠 수 있습니다. 예를 들어, 고인이 암으로 오랫동안 치료를 받고 천천히 임종했다면, 이런 경우에는 분노가 아주 적거나 아예 없을 수 있습니다. 당사자가 치료받는 모습을 충분히 보았기 때문입니다.

이에 비해 당사자가 급환이나 사고로 죽은 경우에는 이런 분노가 아주 강하게 일어납니다. 갑자기 너무 큰 충격을 받아 그것을 주변 사람들에 대한 분노로 표현하는 것입니다. 예를 들어서, 어떤 사람이 갑자기 급성 심장마비로 병원에 실려왔다가 곧 죽었다고 상상해보십시오. 유족들은 당황한 나머지, 이 죽음에 책임이 있다고 생각되는 사람들에게 분노를 표출하게 됩니다. 그 주요 대상은 아무래도 의사나 간호사겠지요. 환자가 실려왔을 때 왜 빨리 응급처치를 하지 않았는가, 검사를 너무 늦게 한 것 아닌가 등 여러 가지 이유를 대면서 의료진 탓을 하는 겁니다.

이런 태도는 충분히 이해가 됩니다. 고인을 잃은 슬픔을 어떤 방법으로라도 표현해야 하는데, 이 단계에서는 이렇게 부정적인 방법으로 표출하는 것뿐입니다. 이런 분들은 나중에 자신이 지나치게 예민하게 반응했다는 것을 깨닫고 후회할지도 모릅니다. 한편 이런 질책을 받은 의료진은 놀라거나 모욕당했다고 생각할 필요가 없습니다. 유족들이 진짜로 의료진에게 화낸 것이 아니라, 앞에서 말한 대로 아주 잠시 자신들의 충격을 의료진에게 분노의 형태로 표출한 것에 불과하니까요.

이런 분노가 의료진에게만 향하는 것은 아닙니다. 가족들이 만일 종교(유신론교)를 믿고 있다면, 그들은 절대자를 향해 화를 낼 수도 있습니다. 당사자는 잘못한 게 없는데 왜 끔찍한 사고를 당해 혹독하게 죽어야 하는가, 혹은 그렇게 열심히 신앙생활을 하던 사람인데 왜 젊은 나이에 그런 몹쓸병에 걸려 일찍 죽어야 하냐고 말입니다.

또는 유족들이 너무 힘들면 그 고통을 안긴 망자에게 화를 내는 경우도 있습니다. 예를 들어, 고인이 간암으로 죽었다면 가족들은 고인이 평소에 술을 너무 많이 마셔서 병에 걸렸다고 힐난할 수 있습니다. 일찍 죽은 아들을 두고 "어미를 두고 매정하게 먼저 가버린 나쁜 놈"이라고 욕을 하기도 합니다. 물론 이렇게 분노를 표출하고 욕을 한다고 해서 고인을 정말로 미워하는 것은 아니겠지요.

본인이 너무 힘든 나머지 감정을 잠시 외부로 돌린 것에 불과합니다. 이것은 또 다른 애정의 표현이라고 볼 수 있습니다.

이와는 달리 분노가 내면으로 향할 수도 있습니다. 이 경우 악몽을 꾸거나 우울증에 걸리기도 합니다. 유가족이 잠깐잠깐 이런 상태에 있는 것은 문제가 없겠지만, 이 상태가 오래 지속되면 사별의 슬픔을 극복하는 데 심각한 장애가 됩니다. 더 나아가서 질병에 걸릴 수도 있으니 주의해야 합니다. 이럴 때에는 전문가를 만나 상담을 받아보는 것이 좋습니다.

지금까지 사별의 초기 상태를 보았습니다. 이 단계들은 보통 1~2개월 정도 이어지는데, 앞에서 언급한 증상과 함께 고인의 죽음을 잘 받아들이지 못해 멍한 상태로 있기도 합니다. 비현실감이 증폭되고 집중력도 현저하게 떨어집니다. 또 힘이 다 빠져 무기력증을 느끼고 한숨만 나오는가 하면 입이 마르고 잠도 잘 안 옵니다.

이런 현상이 나타나는 것은 어쩔 수 없는 일입니다. 이럴 때는 현실을 수용하는 게 중요합니다. 몸이 하자는 대로 그냥 따라야 합니다. 배고프면 먹고 졸리면 자고 멍하면 멍한 대로 그냥 놔두는 거죠. 그래야 충격이나 화가 조금씩 가라앉습니다. 여기서 주의해야 할 것은, 이 단계가 길어지면 안 된다는 것입니다. 그러면 질병 등 부작용이 생길 수 있으니, 그런 징조가 보이면 지체하지 말고 전문가를 찾아가야 합니다.

슬픔과 무기력 상태의 지속: 4~7단계

4. 질병 유발

이제 초기의 충격은 지나갔습니다. 하지만 나 혼자 남게 되었다는 사실이 뼈저리게 느껴집니다. 혼자 있어보니 고인의 빈자리가 크게 와닿습니다. 너무나 보고 싶고 미안한 감정이 들어 자꾸 눈물이 납니다. 그렇게 울다 보면 슬퍼서 주체를 하지 못합니다. 어떤 때는 온몸이 마비되는 것 같고 숨도 잘 안 쉬어집니다.

이렇게 계속해서 슬퍼하면 스트레스가 커집니다. 그러면 면역력이 약해져 병에 걸릴 수 있습니다. 이렇게 병에 걸리는 건 어떤 단계에 있든지 항상 조심해야 합니다. 이때 걸리는 병은 감기나 두통, 위장병, 궤양, 불면, 설사 등 다양한 증상을 동반합니다. 이런 상태는 또 공포를 일으킬 수 있고, 심지어는 공황 상태를 유발하기도 합니다.

또 질병은 아니지만 자꾸 비현실적인 생각을 하게 됩니다. 고인이 여전히 살아 있어서 집에 돌아올 것이라고 생각하는 식으로 말이지요. 3시가 되면 아이가 현관문을 열고 돌아올 것 같고, 7시가 되면 남편이 퇴근할 것 같은 생각을 자꾸 하게 됩니다. '이건 환상이다'라고 고개를 젓지만, 혹시라도 돌아오지 않을까 하는 생각이 자꾸 듭니다.

어떤 부인은 남편이 2년 전에 죽었는데 매일 저녁 밥상에 남편 밥을 올려놓았다고 합니다. 남편이 돌아올지도 모른다는 생각을 버리지 못한 것이지요. 머리로는 부질없는 환상이라는 것을 잘 알지만 몸은 그 엄연한 사실을 인정하지 않는 것입니다.

이 단계에서 이렇게 행동하는 것은 어쩔 수 없는 일입니다. 집 안에 있는 모든 것이 고인과 관계되어 있으니 말이지요. 그래서 이런 경우 사람들은 대개 이사를 가 그런 환상에서 벗어나려고 합니다. 환경이 바뀌면 확실히 환상도 어느 정도 줄고 슬픔도 눅어지니, 이사는 사별의 슬픔을 극복하는 한 가지 방법이라고 할 수 있습니다.

5. 과도한 죄책감

이때에는 또 강한 죄책감이 고개를 듭니다. 고인이 사망에 이른 것이 모두 내 책임처럼 느껴집니다. 그래서 자꾸 '그때 이렇게 할걸' 혹은 '그렇게 하지 말았어야 하는데……' 하는 후회와 죄책감을 느낍니다. 이런 태도는 특히 자신이 관계된 상황에서 사고가 났을 때 더 심합니다.

어떤 부부의 이야기입니다. 아내가 딸에게 별로 중요하지 않은 일로 심부름을 시켰는데, 그 딸이 그만 불의의 교통사고로 죽었습니다. 아이의 엄마는 시키지 않아도 되는 심부름을 보내 딸을 죽게 한 데에 대해 큰 죄책감을 느꼈습니다. 아이의 아버지도 크게 다르지 않았습니다. 그 역시 자신이 그 일을 막을 수 있었을 텐데, 하면서 죄책감에 괴로워했습니다. 이처럼 서로 죄책감을 크게 느낀 이 부부는 5년 동안 딸아이에 대해 한마디도 하지 않았다고 합니다. 나중에 당시를 회고하면서 부부는 그 세월이 지옥과 같았다고 실토했습니다.

고인이 이런 사고로 유명을 달리하지 않았더라도 우리

는 고인에 대해 미안함을 느낍니다. '내게 부탁했을 때 흔쾌히 들어줄걸', '지난번에 다퉜을 때 먼저 사과할걸', '내가 그때 왜 엄마를 그렇게 구박했을까?' 그런 회한과 후회의 감정이 듭니다. 미안함에 펑펑 울기도 합니다. 자신이 아주 나쁜 사람인 것만 같습니다.

누군가와의 사별 후에 이런 생각이나 감정이 드는 것은 이상한 일이 아닙니다. 그러나 과도하게 자신을 자책해서는 안 됩니다. 자책감이 너무 심하면 고인이 지금 옆에 있다고 생각해보십시오. 고인이 어떻게 생각할까요? 고인은 아마 당신이 그런 자책감에 시달려 고통에 빠지는 것을 원치 않을 겁니다. 그러니 자책감에서 빨리 벗어나시길 바랍니다.

6. 고독과 우울

우리가 사랑하는 사람과 사별했을 때 가장 오랫동안 머무는 이 단계에는 흡사 모든 증상이 모여 있는 것 같습니다. 사별 과정에서 닥쳐오는 온갖 증상이 집약되어 나타난다는 이야기입니다. 우선 슬픔이 가시지 않습니다. 슬픔을 주체하지 못하는 것이지요. 그리고 고인이 더 이상 없는 현실에 대해 엄청난 고독감을 느낍니다. 그러니 당연히 우울해지겠지요. 가족이나 친구들과 함께 있어도 시도 때도 없이 눈물이 납니다. 이때 슬픔만 느끼는 것이 아닙니다. 고인에 대한 깊은 그리움 같은 긍정적인 감정과 함께 죄책감, 분노, 수치심, 불안감 등 부정적인 감정도 같이 생겨납니다. 또 고인이 없으니 내 인생에는 아무 희망이 없다고 여겨집니다. 내 힘으로 남은 생을 헤쳐나갈 수 없을 것 같은 좌절감에 빠지기도 합니다.

이런 상황에 처하면 절망 속에서 삶이 무력해지고, 그 결과 아무 일도 계획하지 못합니다. 그러니 어떤 일도 할 수 없지요. 일하고 싶은 마음도 생기지 않고, 자연히 일할 수 있는 힘도 없습니다. 잠을 잘 때에도 술에 의지해 간신히 잠들었다가 갑자기 깨어 또 슬픔과 절망 때문에 잠을 이루지 못합니다. 그렇게 깨어나면 또 혼자서 울겠지요. 고인이 보고 싶어 마치 아이처럼 울어댑니다. 그렇게 밤을 보내니 낮에 아무 일도 할 수 없게 되는 겁니다. 우리 인간은 밤에 제대로 자야 낮에 활동할 수 있는데, 잠을 자지 못했으니 움직일 힘이 없습니다. 낮에도 '비실비실' 졸다 깨다 하면서 시간을 흘려보냅니다.

사람의 감정이 이렇게 부정적인 방향으로 쏠리면 몸이 성할 리가 없습니다. 몸이 제대로 된 휴식을 취하지 못하니 기능을 온전히 발휘하지 못합니다. 그래서 기억력이나 집중력이 현저하게 떨어집니다. 가슴은 노상 두근거리고 몸 여기저기서 통증이 느껴집니다. 이런 상태가 계속되면, 4단계에서 본 질병들이 한꺼번에 몰려올 수도 있습니다. 심지어는 헛것을 보거나 환청을 듣는 등 환각에 빠지기도 합니다. 너무 슬픈 나머지 자신이 원하는 것을 환영으로 보는 것이지요.

이 상태에서 가장 조심해야 할 것 중 하나는 자살입니다. 고인이 없는 현실에 너무도 크게 실망한 나머지 아무런 소망을 갖지 못하니 더 이상 살아갈 자신이 없어져 자살을 생각하는 겁니다. 그리고 자신도 죽으면 사랑하는 아들 혹은 부모님을 만날 수 있지 않을까 하는 헛된 희망이 생깁니다. 이런 경향은 자살자 가족들의 경우에 조금 더 심한 것 같습니다. 너무도 사랑하는 가족이 느닷없이 자살을 하니 나도 같은 일을 하고 싶은 마음이 커지는 것입니다.

앞에서 소개한 《어떻게들 살고 계십니까》라는 책에 어

떤 자매의 눈물겨운 이야기가 실려 있습니다. 이 자매는 아버지를 자살로 잃었는데, 서로 충동적인 자살을 막기 위해 항상 연락이 닿을 수 있게끔 약속을 했다고 합니다. 자살한 사람들은 갑자기 연락이 안 될 때 자살하는 경우가 많은 모양입니다. 그래서 항상 전화로 서로에게 닿을 수 있는 연락체제를 만들어놓은 것이지요. 자신들도 언제 느닷없이 충동적으로 자살을 할지 모르니까, 서로 그렇게 조치를 취해둔 겁니다. 자살할 생각을 하다가도 지인의 전화를 받으면 정신을 차리게 될 테니까요.

사별의 슬픔을 극복하는 것은 이처럼 쉽지 않습니다. 그러나 우리가 이런 난관을 잘 극복한다면 정신적으로 한층 더 성숙할 수 있습니다. 그런 희망에 대해서는 뒤에서 다루겠습니다.

7. 현실로 돌아오기 어렵다

이렇게 고독과 우울, 슬픔의 상태가 계속되면 현실로 돌아오기 어렵습니다. 이런 상태로 살면 방향감각을 잃어서 무엇을 해야 할지 모릅니다. 일이 아무것도 손에 안 잡히고, 직장도 몇 개월씩 쉽니다. 특히 자식이 죽었을 때 이런 상태가 되기 쉽습니다. 그런데 이 경우에도 구분이 필요합니다. 자식이 어떻게 죽었느냐에 따라 고통의 정도가 달라지기 때문입니다. 단순한 사고사인 경우도 매우 고통스럽지만, 자식이 자살로 죽었다면 그 정도가 훨씬 더 심할 수 있습니다. 무감정 상태가 되어 주변에서 어떤 제의를 해도 반응하지 않습니다. 예를 들어, 주위에서 치유 모임 같은 데 가보라고 권해도 자식이 없는 삶은 무엇을 하든 아무 의미가 없다고 하면서 응하지 않습니다.

하지만 이런 모임은 무조건 나가보는 게 좋습니다. 같은 슬픔을 지닌 사람들을 만나면 커다란 위로가 되기 때문입니다. 이런 식으로 치유를 받는 것은 자신뿐만 아니라 가족에게도 큰 도움이 됩니다. 이런 일을 당한 가족들에게 생길 수 있는 문제를 미연에 방지할 수 있으니까요.

한 가정에 아들과 딸이 있었는데, 아들이 그만 사고로 죽었습니다. 이 경우 부모들은 상심한 나머지 죽은 아들에게만 빠지게 된다고 합니다. 오로지 아들 생각만 하는 것이지요. 이때 딸은 처음에는 부모와 같이 슬퍼합니다. 그러다 시간이 조금 지나면 강한 소외감을 느끼게 됩니다. 부모가 전적으로 아들에게만 빠져 있어 자신에게는 아무 관심도 쏟지 않기 때문입니다. 딸은 심리적으로 외톨이가 되어 '나는 아무 의미도 없는 존재인가?' 하는 의문을 갖고 자괴감에 빠집니다. 심하면 우울증에 걸릴 수도 있습니다. 이런 불행을 피하려면 부모가 빨리 치유를 받아야 합니다. 그렇지 않으면 이 가정은 2차 붕괴에 들어갈 수 있습니다.

사별 후에 우리는 망자에 집착하는 경향이 있습니다. 그래서 유품을 없애지 않을 뿐만 아니라, 그것들을 가까이 두고 망자를 잃은 슬픔을 곱씹습니다. 예를 들어, 하루 종일 죽은 배우자의 옷을 만지면서 망자만 생각하는 겁니다. 주변에서 모임이나 영화 관람, 여행 등 기분을 전환할 만한 일들을 권해도 응할 마음이 생기지 않습니다. 망자를 두고 다른 사람들과 어디에 가는 게 싫은 것이지요. 어쩌다 그런 일을 하게 되면 심지어 망자에게 미안한 마음이 들기도 합니다. 또 무엇을 해도 의미가 없으니 그런 제의가 들어와도 전혀 반갑지 않습니다.

이런 상태는 자신을 치유하는 과정이니 어느 정도는 그대로 놔둘 필요가 있습니다. 그러나 이 상태가 1년 이상 가는 것은 비정상적입니다. 이제 그만 현실로 돌아와야 하는데 망자와 지낸 과거에만 머물러 있기 때문입니다. 상태가 정말 심각하다면 전문가를 찾아야겠지요. 그렇지 않다면 주위에서, 특히 가족들이 많이 돌봐주어야 합니다. 자신의 느낌이나 감정을 표현할 수 있도록 자꾸 말을 걸고, 그의 이야기를 경청하는 것이 좋습니다.

체념과 수용, 그리고 현실로 돌아가기: 8~10단계

8. 체념과 수용

이제 사별의 슬픔을 극복하는 단계에 다다랐습니다. 고인과의 사별을 수용하는 단계에 온 것입니다. 고인에 대해서 체념하는 것이지요. 사람마다 다 다르겠지만, 이 단계까지 오는 데 보통 1년 이상이 걸립니다.

이 단계에서 중요한 것은 고인과 연결되어 있는 감정적인 연결을 끊어야 한다는 것입니다. 고인을 잊어버리라는 것이 아닙니다. 어떻게 돌아가신 아버지나 어머니를 잊을 수 있겠습니까? 어떻게 사랑하는 아내를 잊을 수 있겠습니까? 잊어버리라는 것이 아니라 단지 감정적인 연결을 끊으라는 것입니다.

이 연결을 끊지 않으면 고인에게 집착하고 의존하는 정도가 강해 일상생활이 힘듭니다. 생각해보십시오. 노상 죽은 아내만 생각하면 어떻게 일을 할 수 있겠습니까? 죽은 사람은 돌아오지 않는다는 사실을 수용하고 체념해야 합니다. 그리고 감정적인 거리를 두어야 합니다. 이렇게 거리를 둔다고 하면 공연히 고인에게 미안한 생각이 들지 모릅니다. 그러나 고인도 자식이나 배우자가 자신 때문에 고생하는 것을 원치 않을 겁니다. 그렇게 생각하면 고인의 죽음을 수용하는 일이 조금 쉬워지지 않을까요.

그런데 한국인들 가운데 이 치유의 단계로 넘어오지 못하는 경우가 꽤 있다고 합니다. 그러니까 고독과 우울의 단계에 계속 머무르는 것이지요. 한국인들이 현세에 집착하는 경향이 강해서 그런 것이 아닐까 싶습니다. 아마도 내세관이 희박하기 때문이겠지요. 한국인들은 죽으면 다 끝이라고 생각하는 경우가 많은 것 같습니다. 그래서 육체를 가지고 사는 이 삶만이 존재한다고 생각합니다. 그러면 인간의 죽음을 쉽사리 수용하지 못합니다. 사랑하는 사람의 죽음을 받아들이지 못하니 고독과 우울의 단계에서 빠져나오지 못하는 것입니다.

9. 현실에 적응할 수 있다는 희망을 갖다

앞에서 사별을 수용했다면 이번에는 현실의 세계로 돌아갈 수 있다는 희망을 갖는 단계입니다. 물론 사별의 슬픔이 말끔히 가신 것은 아닙니다. 슬픔도 남아 있고 고인에 대한 추억도 간직하고 있습니다. 그러나 이제는 그 슬픔, 그 추억과 함께 본인의 삶이 제자리로 돌아갈 수 있다는 희망을 갖게 됩니다.

이 단계에 들어왔음을 보여주는 징표가 있다고 합니다. 유머를 받아들이고 자신도 농담을 하는 것입니다. 고인을 생각하면 눈물이 나지만 다른 사람이 농담을 하면 피식 웃기도 합니다. 이전에는 농담할 생각이 전혀 없었는데 이제는 가끔 농담이 나옵니다. 그만큼 여유가 생긴 것이지요. 이런 모습을 보인다면 이 사람은 이제 회복 단계에 들어섰음을 의미합니다. 칸트가 이런 말을 했다고 하지요. 낙심한 인간을 위해 하늘이 세 가지 선물을 주었는데, 바로 꿈과 웃음과 사랑이라고 말입니다. 이렇듯 인간에게는 웃음을 되찾는 일이 정말 중요합니다.

이 변화를 앞에서 자조 모임에 간 사람의 예에 적용해 볼까요. 사고로 자식을 잃은 이 아버지는 그 모임에 처음

갔을 때 팔짱을 끼고 방관자처럼 앉아 있었습니다. 얼굴에는 감정이 전혀 드러나지 않았지요. 그렇게 하기를 반년 내지 1년이 지나면 어느 날부터 웃기 시작합니다. 물론 팔짱도 어느새 풀려 있지요. 이렇게 웃기 시작하면 회복 단계에 들어왔다고 볼 수 있습니다.

10. 현실 긍정하기

이제 정말 마지막 단계입니다. 이 단계가 다른 단계와 다른 점은, 그냥 슬픔을 극복하는 것이 아니라, 그것을 뛰어넘어 더 성숙한 단계로 나아갈 수 있다는 점입니다. 사별을 부정적으로 보지 않고, 자신에 대한 새로운 정체성을 정립하면서 인격의 발전을 꾀하는 계기로 삼습니다. 큰 슬픔을 통해서 새로운 자신의 모습을 발견하는 것입니다. 이 사람은 더 이상 사별의 아픔에 소극적으로 저항하지 않고 적극적으로 대처하게 됩니다.

슬픔을 그냥 자연스럽게 흘려보내는 것이 아니라 그 의미를 이해하려고 노력하면, 사별은 우리에게 삶을 깊게 성찰할 수 있는 좋은 기회를 제공합니다. 이를테면 사별의 슬픔을 겪으면서 우리는 근본적인 질문을 던지고, 그것을 아주 진지하게 생각해볼 수 있습니다. 이때의 질문은 우리 삶에서 가장 중요한 문제들, 즉 삶과 죽음의 의미, 사후세계에 대한 진지한 관심, 인간관계의 본질 등에 관한 것입니다. 이런 질문들은 평소에는 별로 생각하지 않지만, 진정한 인간이 되려면 반드시 살펴보아야 할 질문입니다. 사별을 통해 우리는 비로소 자신에게 이런 심오한 질문을 던질 수 있습니다.

그런데 전문가들에 따르면, 이 마지막 두 단계(9~10단계)는 앞의 8단계를 충분히 거친 다음에야 다다를 수 있다고 합니다. 특히 10단계가 그렇습니다. 이 마지막 단계는 거의 종교적인 단계와 비슷해서, 여기까지 오는 사람은 많지 않습니다. 대부분의 사람들은 사랑하는 사람과의 사별을 수용하고 체념할 뿐, 그것을 넘어서 정신적으로 수준 높은 삶을 여는 단계까지 나아가지는 못합니다. 그러나 가능한 한 이 마지막 단계까지 다다를 수 있도록 노력해보는 자세가 중요하겠습니다.

사별을 정리하며

지금까지 사별의 슬픔과 그 진행 단계에 대해 살펴보았습니다. 이번에는 정리하는 차원에서, 사별의 슬픔에 좀 더 적극적으로 대처할 수 있는 방법에 대해 알아보려고 합니다. 앞의 10단계는 분석적으로 접근해서 다소 어려울 수 있지만, 지금 제시하는 방법은 단순하게 표현한 것들이라 따라하기가 쉬울 것입니다.

먼저 강조하고 싶은 것은 '슬퍼할 만큼 슬퍼하기'입니다. 이 세상에서 가장 사랑하는 이를 보냈으니 슬픈 것은 당연합니다. 슬퍼하는 것은 자신의 나약함을 보여주는 것이 아니라 일종의 정화 작업이라고 할 수 있습니다. 우리는 충분히 슬퍼해야 그 슬픔에서 벗어날 수 있습니다. 슬픔을 억지로 참으면 몸에 탈이 날 수도 있습니다. 그럼 언제 슬픔에서 벗어날 수 있을까요? 그것은 자신의 무의식이나 몸이 잘 알고 있습니다. 기다리고 있으면 사인이 올 테니, 재촉하지 마시기 바랍니다.

다음은 '고통 표현하기'입니다. 고통을 표현하려면 우선 이 고통의 현실을 인정해야겠지요. 그러나 인정하는

데서 그치지 말고 그것을 표현해야 그 고통이 줄어들고 마음이 정리됩니다. 고인을 보낸 뒤 일상생활을 하다 보면 불쑥불쑥 고인이 생각나 너무나 보고 싶고 허전하고 미안하다는 생각이 솟구칩니다. 그럴 때 대화를 나눌 수 있는 사람을 만나 그 고통을 표현하려고 노력하기 바랍니다. 만일 그런 사람을 당장 만날 수 없다면 마음을 터놓고 대화할 수 있는 지인에게 편지를 쓰는 것도 좋은 방법입니다. 이렇게 글을 쓰는 것은 사람의 마음을 정돈시켜주고, 또 고인과 다른 차원에서 만나는 것이라 그분을 추모하는 좋은 방법이 되기도 합니다.

그다음은 '생활을 단순하게 하기'입니다. 사실 이건 굳이 할 필요 없는 제안이라는 생각도 듭니다. 사별한 뒤에는 고독과 우울 속에 머물기 때문에 일상생활을 복잡하게 끌고 나아갈 수 없기 때문입니다. 그래도 가능한 한 규칙적인 생활을 하는 게 좋습니다. 그래야 몸이나 마음이 여유를 되찾고 힘을 회복할 수 있습니다. 동시에 운동하는 것도 잊지 말아야 합니다. 사별의 고통에서 벗어나려면 힘이 있어야 하는데, 힘을 기르려면 규칙적인 운동이 반드시 필요합니다.

이런 일들을 하면서 '고인과의 기억을 긍정적으로 재구성'해봅니다. 특히 고인과 나누었던 즐거운 추억을 기억합니다. 그 속에서 고인이 얼마나 좋은 사람이었고 훌륭한 분이었나 상기합니다. 그렇게 추억을 더듬다 보면 고인의 장점이 새롭게 보일 수 있습니다. 고인이 살아 있을 때에는 다소간의 갈등이 있었지만, 그런 것에 대한 기억은 옅어지고 장점이 더 크게 보입니다. 그럼으로써 그분과 있었던 감정의 앙금을 극복하고 관계를 재정립할 수 있을 것입니다.

마지막 제안은 이 기회에 '종교나 영적인 문제를 진지하게 생각'해보라는 것입니다. 이 점에 대해서는 앞에서 '죽음은 인간의 마지막 성장의 기회'라는 명제를 다루며 이미 설명했습니다. 그렇게 사랑하던 아내가 죽었다면 살아남은 남편은 '지금쯤 내 아내는 어떤 상태로 있을까? 아예 소멸된 것은 아닐까? 만일 종교에서 이야기하는 대로 영혼이 존재한다면, 지금 어디에 어떻게 있을까?' 같은 생각을 할 것입니다. 지금 시중에는 이런 질문에 답을 줄 수 있는 책이 많이 나와 있습니다. 또 인터넷에도 정보가 넘쳐납니다. 평소에는 거들떠보지도 않았던 이런 정보를 찾아보면서 이전과는 다른 차원에서 삶과 죽음의 문제에 대해 눈떠가는 시간을 가져보시기 바랍니다.

이런 일에 매진하다 보면 앞으로 어떤 삶을 살아야 할지에 대해 새로운 시각이 열릴 것입니다. 아울러 자신은 어떻게 죽음을 맞이하면 좋을지에 대해서도 진지하게 생각해볼 수 있습니다. 그러는 과정에서 자신의 웰다잉을 위해 어떻게 준비하면 좋을지, 구체적인 준비를 시작할 수 있겠지요. 이 작업이 성공한다면 당신은 이번 생에 정신적으로 환골탈태하면서 한 단계 버전업할 수 있을 것입니다. 이것이 사별을 긍정적으로, 또 적극적으로 대처해서 도달할 수 있는 마지막 목표라 할 수 있습니다.

지금까지 우리는 인간의 죽음Death과 죽어감Dying이라는 긴 과정에 대해 자세하게 살펴보았습니다. 우리의 삶 자체가 죽어가는 과정이라고 볼 수도 있지만, 구체적인 죽어감의 과정이 시작되는 것은 대체로 말기 질환 상태에 접어들었을 때라고 했습니다. 그래서 그때를 중심으로 우리가 임종을 제대로 준비하려면 어떤 과정을 거쳐야 하는지 보았습니다.

이 과정은 임종자 한 사람만이 겪는 것이 아니라, 가족들과 의료진이 아주 긴밀하게 연관되어 진행됩니다. 굳이 덧붙이면 상조업체도 이 대열에 합류시킬 수 있겠지요.

이처럼 한 인간의 죽음에는 많은 사람과 조직이 관여되어 있습니다. 이 과정은 사별에 대해 설명하면서 본 것처럼 당사자가 임종했다고 해서 끝나는 것이 아닙니다. 유족들이 가족과 사별한 슬픔을 극복해야 하는 아주 큰 문제가 남아 있기 때문입니다.

그러니까 한 인간의 죽음과 죽어감이라는 과정은 이처럼 유족들이 슬픔을 이겨내고 일상생활로 돌아왔을 때 비로소 끝나는 것이라고 할 수 있습니다. 이렇게 보면 인간의 죽음이라는 사건은 인간이 평생 겪는 일 가운데 가장 규모가 클 뿐만 아니라 가장 중요한 일이라고 하겠습니다.

이 과정을 준비할 때 우리가 해야 하는 중요한 일에는 대체로 두 가지가 있습니다. 물론 가장 중요한 것은 자신의 임종을 준비하는 일입니다. 이 일은 병환이 깊어진 다음에도 할 수 있지만 가능한 한 빨리 시작하는 게 낫습니다. 아니, 언제 시작하든 빠른 것은 아닙니다. 여러분은 당장 만일 내가 지금부터 임종 단계에 들어간다면 무엇을 어떻게 준비해야 하는지 생각해보시기 바랍니다. 그 생각 끝에 필요한 준비를 하나둘씩 해나가면 되겠지요. 물론 이에 대한 가이드라인은 본문에 자세하게 설명되어 있습니다.

그런데 사별 문제로 오면 이야기가 달라집니다. 이 일은 우리에게 언제 닥칠지 모릅니다. 우리가 노상 하는 말 중에 "태어나는 것은 순서가 있지만 죽는 것은 순서가 없다"는 말이 있지 않습니까. 그렇습니다. 우리가 사랑하는 가족이나 친지 중 누가 언제 불의의 사고로 유명을 달리할지 아무도 모릅니다. 그래서 사별 문제에 대해서는 평소에도 관심을 갖고 준비를 해야 합니다.

이 사별의 슬픔 문제는 죽음학에서 대단히 중요한 주제이기 때문에 각종 죽음학 교과서를 보면 한 장이나 여러 장을 할애해 설명하고 있습니다. 이 주제는 크게 보아서 죽음교육에 해당하는 것이라고 할 수 있습니다. 죽음교육은 죽음학에서 가장 중요한 주제입니다. '죽음학은 죽음교육학이다'라고 말해도 좋을 정도입니다. 죽음교육이란 인간의 죽음이라는 현상에 대해 전체적으로 교육하는 것을 지칭하니, 그렇게 말할 수 있겠지요. 사별 문제에 집중하면서 죽음교육 전반을 살펴보면, 여러분의 임종 준비는 말할 것도 없고 삶을 어떻게 살 것인가에 대해서도 많은 도움을 받을 수 있을 것입니다.

이 책에서 다룬 가장 중요한 주제는 자신의 임종 준비

입니다. 그런데 이 준비는 짧은 시간에 마칠 수 있는 것이 아닙니다. 사전연명의료의향서 같은 것이야 하루 만에 쓸 수 있지만, 유언장에 들어갈 내용이나 자신의 장례와 제례 문제 같은 것은 생각을 많이 하고 써야 합니다. 또 써 놓은 것도 해가 지나면 바뀔 수 있습니다. 유품 정리나 유산 상속 문제도 단번에 해결할 수 있는 것이 아닙니다.

이렇게 자신의 죽음을 생각하면서 죽음 문제를 다룬 철학자나 종교인들의 글을 보는 것도 좋습니다. 그렇게 하면 자신의 삶을 바라보는 눈이 달라질 것입니다. 죽음학은 인간의 죽음을 연구하는 학문이지만, 그 죽음에는 이미 삶이 포함되어 있습니다. 그래서 한자로는 사생학死生學이라고 하지요. 사학死學이라 하지 않고 사생학이라 하는 것은 죽음과 삶은 떨어질 수 없는 것이라 항상 이 두 요소를 같이 보아야 한다는 의미가 있습니다. 마지막으로 부탁하건대 여러분께서는 자신의 죽음을 준비하면서 죽음 속에 숨어 있는 삶의 의미를 잘 찾으시기 바랍니다.

부록 　유언장
　　　서식

이름	(인)
주민등록번호	
주소	
작성일	

임종 방식

시신 기증이나 장기 기증 여부

원하는 장례 방식

- 원하는 매장 방식과 매장지 밝히기
- 부고를 보내 초청할 사람들의 범위와 연락처 적기
- 원하는 장례 예식 밝히기
- 사후 제사 방식 밝히기

유산 상속 및 재산 기부

금융 정보

남기고 싶은 말